La luna del alfa

Renee Rose

Lee Savino

Traducido por
Begoña Marin

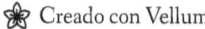

Libro Gratis - La virgin y el vampiro

Quiere un libro gratis de Renee Rose y Lee Savino? Suscríbete a su newsletter para recibir *La virgin y el vampiro* y otro contenido especialmente bonificado y noticias de nuevos. https://BookHip.com/XJPQQXK

Libro Gratis de Renee Rose

Quiere un libro gratis de Renee Rose? Suscríbete a mi newsletter para recibir **Padre de la mafia** y otro contenido especialmente bonificado y noticias de nuevos. https://BookHip.com/NCVKLK

Capítulo Uno

Puerto Rico

D^{*eke*} La selva puertorriqueña es espesa y húmeda. Por la noche, el canto coral de las ranas *coquíes* resuena alrededor de la oscuridad sofocante. Me arrastro sigilosamente sobre las hojas podridas en el suelo de la selva tropical, escabulléndome en posición. Channing ya está sobre su vientre entrecerrando los ojos en el visor de su rifle de francotirador.

—Tenemos dos guardias en la cubierta —susurra.

Con nuestra audición de cambiantes, no necesitamos unidades de comunicaciones para escucharnos entre nosotros. Tampoco gafas de visión nocturna. Esa es la razón por la que el coronel Johnson creó un equipo de operaciones especiales compuesto completamente por metamorfos. Él es uno de nosotros. Sabía de cuánto seríamos capaces cuando nuestras habilidades no tuvieran que ocultarse a nuestros homólogos humanos.

Con un solo vistazo, veo claramente el contorno de dos

miembros del cártel parados frente al marco de la puerta abierta de la choza. Cada uno sostiene ametralladoras.

—¿Qué crees? ¿Rehén? —Channing murmura—. ¿Atado, amordazado?

—Amordazado. Atado con una cuerda. —Esa es una suposición, de todos modos.

—No veo ningún perro —dice Channing—. Así que esperamos la señal de Rafe.

Asiento y me quito el ropaje exterior, incluidas las placas de identificación. El coronel Johnson nos proveyó ropa de camuflaje especialmente diseñada para nosotros. La tela es elástica, lo bastante flexible como para acomodar tanto la forma humana como la del lobo. Supongo que los altos mandos del ejército pensaron que tener nuestros genitales colgando cuando volviéramos a transformarnos en hombres nos haría sentir vulnerables. Como si nos importara una mierda quien nos viera desnudos.

Me transformo en mi animal, pero trato de mantener algo de control, de contener a mi lobo, ansioso por seguir con la cacería. La triste verdad es que después de años de condicionamiento de guerra, siempre está listo para matar, especialmente cuando se trata del rescate de un civil. La necesidad de proteger a veces abruma la razón.

La señal es el largo estallido de un silbato para perros, un sonido que ningún humano puede escuchar. Cuando lo oímos, Channing y yo avanzamos. Como lobo, soy más veloz y tomo carrera hacia adelante.

Ya casi llegamos cuando percibo un ruido retumbante desde la carretera. Problemas que vienen en forma de un viejo camión diésel. ¡Joder! Más secuestradores aparecen para ayudar a montar guardia.

Mis oídos se agudizan ante el sonido del silbato para

perros. Dos pitidos cortos esta vez: Rafe nos dice que volvamos.

Intento dar marcha atrás. Seguir órdenes. La parte de mí que todavía conoce la cadena de mando lucha por el control.

Pero mi lobo no la tiene. Es demasiado tarde, huelo la manada. El humano asustado que tal vez haya renunciado a ser rescatado.

Hago mal en desobedecer una orden. Puede que ya no seamos de Operaciones Especiales cuando los lobos también seguimos a un líder, y Rafe es nuestro alfa. Aún así, no puedo frenar a mi lobo. Necesita salvar al humano. Avanzo en carrera, con las patas comiendo terreno mientras me dirijo hacia la choza.

—Abortar misión —gruñe Channing, pero estoy demasiado lejos. Salto como una sombra silenciosa sobre la plataforma de madera.

El primer guardia muere casi en silencio y su cuerpo cae dando un golpe en la cubierta. El otro guardia gira buscando con el dedo el gatillo de su ametralladora cuando más de cien kilos de lobo le caen encima. Se desploma y lo silencio con los dientes. *Para siempre.*

Cuando oigo disparos, levanto la cabeza. Tengo el hocico mojado y sangre en la boca. Al otro lado de la choza, nuestro equipo ataca el camión diésel, pues los he forzado a intervenir al desacatar órdenes. Es la única opción ahora.

Unos cuantos disparos más, un gruñido del lobo de Lance y el alboroto de los gritos ahogan el coro de ranas coquíes por un momento. Entonces el motor del camión se apaga y hay silencio.

—¡Maldita sea, Deke! —Channing susurra con la mímica de un grito. Todavía está en forma humana, escabulléndose hacia la cubierta con su rifle extendido—. Se suponía que debías seguir órdenes.

Mi lobo le muestra los dientes.

—Maldito loco —murmura Channing cuando pasa a mi lado. Sigue el protocolo adecuado, revisando cada rincón oscuro antes de entrar en la choza. Unos segundos más tarde, comienza a hablarle al rehén en voz baja y tranquilizadora.Me alegro de que pueda hacerlo porque yo le daría un susto de muerte.

Gruño y me doy la vuelta con el hocico pegado al suelo, asegurándome de que todas las amenazas hayan sido eliminadas.

Pandilleros: muertos. Rehén: rescatado. Misión: cumplida. ¿El único problema? La acción terminó en menos de noventa segundos. Mi lobo quiere más.

Me salgo de la cubierta a galope y rodeo la choza hasta el camión diésel. Hay sangre salpicada en la cabina y dos miembros de la banda muertos, uno en el asiento delantero, otro a pocos metros de la puerta del pasajero.

Lance se encuentra cerca, desmontando las armas semiautomáticas del objetivo. Lleva la ropa interior de camuflaje. Sus placas de identificación brillan en su pecho desnudo, no tuvo tiempo de quitárselas antes de transformarse en su animal.

—Joder, Deke —me saluda—. Arruiné un buen par de caquis por ti. —Desmonta las piezas metálicas del arma y las deja caer en una bolsa abierta a sus pies.

Queriendo ser útil, subo la colina hasta el puesto de vigilancia de Lance para recuperar su mochila. Guardamos una muda extra de ropa para esta contingencia. Lance no esperaba transformarse, pero para terminar la misión, la desobediencia de mi lobo le obligó a hacerlo. Mis hermanos de manada siempre me respaldan pase lo que pase.

—Gracias —gruñe Lance cuando regreso. Se viste rápido.

—Vámonos. Channing ya se ha ido con el paquete. —El paquete es el rehén. A nosotros, como mercenarios, nos pagaron una cantidad considerable de dinero para recuperar a alguien de alto rango de nuestro gobierno que no quería arriesgar un equipo militar activo en este trabajo—. Cita en el cuartel general.

Un crujido en la maleza detrás de mí anuncia la llegada de mi alfa.

—¿Qué mierda fue eso, soldado? —Rafe me gruñe a pesar de que técnicamente ya no somos soldados.

Agacho la cabeza con remordimiento.

—Creo que salió bien, sargento —dice Lance suavemente antes de ponerse la camisa.

—Nadie te preguntó. —Rafe señala la colina—. Muévete, ahora.

Lance se encoge de hombros con la mochila puesta y obedece.

Rafe me señala.

—Vamos a hablar de esto —promete.

Cuatro horas más tarde, estamos de vuelta en el cuartel general, un hangar de aviones vacío. Pronto aparecerá un pequeño avión chárter para llevarnos secretamente a casa. Lance me ayudó a lavarme la sangre, aunque mi lobo era reacio a eliminar todos los rastros de las muertes. Antes de regresar tuve que salir a correr para intentar deshacerme de la energía reprimida, esperando hasta el último minuto posible para volver a la forma humana.

Channing llega último al cuarte general y no se molesta en usar la manguera para limpiarse. Mete la cabeza en un cubo de agua y usa un trapo para sacarse la pintura facial.

—El paquete fue entregado de manera segura —anuncia
—. Sale bien lo que bien acaba.

—No tan rápido, joder. —Rafe regresa al hangar desde
el exterior, donde atendió una llamada del comando—.
Tenemos un problema. —Mi alfa me rodea y señala—: Tu
lobo está fuera de control, Deke. —No se equivoca. Desobedecí una orden directa.

—Sí, sargento. —Mi voz sale grave, gutural, como si mi
garganta no estuviera acostumbrada a las palabras humanas.
Todavía llamamos *sargento* a Rafe, a pesar de que ya no
estemos más en el ejército.

—¿Hubo órdenes de matar, Deke?

Una sensación de malestar se agita en mi vientre. Esta
es la razón por la cual Rafe decidió que teníamos que dejar
servicio el año pasado. En cada cacería, me ponía más
salvaje. A todos nos sucedía. Rafe dijo que teníamos que
darnos de baja antes de que perdiéramos nuestra humanidad y necesitáramos ser sacrificados.

—En defensa de Deke, solo mató a los objetivos —acota
Channing.

Rafe muestra sus dientes a Channing, quien agacha la
cabeza y levanta las manos en señal de rendición.

—No hubo órdenes de matar —gruñe Rafe.

—El coronel Johnson no nos contrataría si no esperara
un recuento de cadáveres —responde Lance.

—¡Eso es solo porque Deke está fuera de control! —grita
Rafe.

El peso en mi pecho aumenta. Joder.

Rafe da pisotones, sus botas golpean el piso de concreto
en un ritmo de *staccato*. Podría pasearse silenciosamente si
quisiera, pero hace ruido adrede para demostrar un punto.
Me preparo para ello.

Llega a mí demasiado pronto. Se detiene delante y sopla

el silbato para perros. Me quedo atento, luchando por no estremecerme ante el sonido agudo. Channing y Lance se tapan los oídos con las manos.

—¿Qué significa eso, soldado? —Rafe me ladra.

—¡Todos listo, señor! —Le devuelvo el grito.

Rafe vuelve a hacer sonar el silbato para perros, dos pitidos cortos.

—¿Y eso?

—¡Abortar misión, señor!

Rafe me mira a la cara con sus ojos amarillos fijos en los míos. Miro a lo lejos, luchando contra el inquieto impulso de mi lobo de romper la posición y atacarle.

Esto es una prueba. Si rompo la posición y desafío a mi alfa, es una señal de que he ido demasiado lejos. Algo que ha preocupado a mi manada durante un par de años.

Tengo que pasar esta prueba.

Me obligo a pensar en cachorros. En niños inocentes. Hembras humanas. Ese es un pensamiento nuevo, pero por alguna razón me viene a la mente. Como si pudiera recompensarme por pasar esta prueba buscando placer.

Sin embargo mi equipo no me dejará acercarme a los humanos. No después de esa pelea de bar el año pasado. Mi animal es demasiado agresivo; impredecible. Muy sanguinario.

Pero pensar en criaturas frágiles es suficiente. Mi lobo se relaja.

Mi alfa, a centímetros de distancia, siente el cambio en mi cuerpo y asiente. Pero insiste:

—¡Disciplina, soldado! —gruñe Rafe justo en mi oído zumbante—. Es todo lo que se interpone entre nosotros y la locura lunar.

Aflojo la mandíbula.

—¡Sí, señor!

Capítulo Dos

*S*adie

Sadie, ¿vas a la plaza? También estaré allí. Pongámonos al día después de tu noche de chicas. El mensaje suena en mi teléfono y me provoca un denso nudo en el estómago. El mensaje puede parecer amistoso pero se registra en mi cuerpo como un asalto.

Scott Sears y sus intentos de reconquistarme me tienen harta.

¿Qué parte de "se acabó" no ha entendido?

Pongo los ojos en blanco, vuelvo a guardar el teléfono en el bolso y cargo mi ridículo pero precioso paquete bajo el brazo; mientras me abro paso en el abarrotado restaurante de Taos después de salir del trabajo.

Es la hora de la cena de una noche laboral, y aunque la mayoría de las noches preferiría irme a casa, relajarme después de darles clase a niños de jardín todo el día, hoy es miércoles.

Miércoles de lamentos, como a mí y a mi grupo de amigas nos gusta llamarlo, y los miércoles de lamentos son sagrados.

—¡Sadie, aquí! —Adele me saluda desde su asiento en una mesa del patio. Los músculos tiesos de mi cuello se relajan un poco cuando la veo junto al resto de mis amigas: Tabitha y Charlie, encorvadas en sus sillas, se enderezan cuando me ven. Adele permanece sentada con la espalda recta.

Mis amigas son las mejores. Todas somos diferentes, pero el grupo funciona.

Adele es una belleza criolla que anda siempre arreglada y es la dueña de la tienda local de chocolates. Es como nuestra madre gallina, siempre luce perfecta con su ropa vintage. Esta noche lleva un vestido estilo años cincuenta color verde musgo que combina de maravillas con su piel morena y sus ojos verdes. En lugar de una chaqueta, lleva un chal de color topo con hilos dorados. Es la más elegante del grupo, de verdad.

Tabitha, a menudo, también lleva ropa vintage, tanto de los años veinte como de los años sesenta y setenta. De alguna manera, un día luce un vestido de lentejuelas y pantalones de campana gigantes al siguiente. Hoy descansa con las extremidades sueltas en su silla con una diadema de cuentas y un mono amarillo. Tiene otro de sus atuendos Cher que luce con su piel aceitunada en la cara estrecha.

Charlie es Charlie. Es la más bajita de nosotras y la que está más en forma. La mayoría de las veces, la veo con una camisa azul abotonada y pantalones cortos azul marino, su uniforme de empleada de correos. Su trabajo le da un bronceado perpetuo que combina con su corto cabello rubio. Lleva una camiseta descolorida que dice "En mi defensa, me dejaron sin supervisión".

Y yo, solo soy Sadie Díaz, nativa de Taos. Maestra de jardín, ojos marrones, cabello castaño, altura media, peso medio, promedio en todo. Tabitha me dice que me visto como una maestra de jardín, lo que sea que eso signifique. A los niños les encantan mis aretes de Kitty y mis zapatos planos ballerinas de colores brillantes.

—¡Me alegro de que hayas venido! —me sonríe Charlie. Ya tiene una margarita frente a ella, y trato de no parecer demasiado celosa.

—Lo siento, se me hizo tarde —digo y me quito el bolso del hombro—. Tuve que recoger este paquete.

Tabitha hace una mueca ante la caja negra que puse en la mesa del restaurante.

—¿Qué demonios es eso? —Su voz es lo bastante alta como para que varios comensales giren las cabezas hacia nuestra mesa, pero a ella no le importa. Se echa hacia atrás, con la nariz arrugada mientras mira el juguete.

Entiendo por qué hace una mueca. El juguete de felpa en el interior es un cruce entre un demonio y una liebre, con ojos rojos, cuernos y colmillos.

—Es un conejo americano jackalope —le digo con tono apologético. Mis tres mejores amigas se inclinan para inspeccionar la caja.

—Oh, he oído hablar de ellos. —Charlie toma la caja y arruga la nariz mientras lee la etiqueta trasera—. Es el juguete más popular este año. Se agotó en la mayoría de los estados.

—Pedí el mío hace nueve meses —admito—. Los niños de mi clase no pueden dejar de hablar de esto. Hay padres dispuestos a cometer asesinatos para conseguir uno para sus hijos. Por eso lo tengo aquí. Acaba de llegar y no lo pienso perder de vista.

—¿Cómo funciona esto? Oh, sí. —Cuando Charlie presiona un botón rojo que dice *¡Pruébame!* en el plástico transparente, una risa espeluznante resuena desde la caja. El monstruoso juguete se sacude y sus ojos rojos parpadean

—. ¿*No quieres jugar?* —se burla con una voz sacada directamente de *Poltergeist*.

—¡Joder! —Tabitha se atraganta—. ¿Qué demonios?

—Oh, demonios, no. —Adele sacude la cabeza de modo que sus suaves rizos castaños rebotan alrededor de su rostro mientras levanta una mano—. Eso es espeluznante. —Ella se estremece y se envuelve el chal alrededor. Con la puesta de sol, se está poniendo frío.

—*Es* espeluznante. —Examino el juguete más de cerca —. La primera vez que presioné el botón, casi se me cae la caja. Y sabía que lo hacía.

—Presiónalo otra vez —dice Tabitha con una sonrisa malvada. Adele pone los ojos en blanco.

—¿Estás segura? —Charlie pone el pulgar sobre el botón.

—Hazlo —Tabitha tiene una mirada maníaca no muy diferente a la del conejo malvado.

Apretando los dientes, Charlie pulsa el botón. ¿*No quieres jugar?*, susurra la voz siniestra desde la caja de juguetes.

—¡Oh! —Adele y Tabitha gritan—. ¡Guárdalo! —ordena Adele. Tabitha parece que quiere presionar el botón nuevamente.

—¡Joder! —dice Charlie enfáticamente ,colocando la caja a un brazo de distancia de ella sobre la mesa—. ¿A los niños realmente les gusta jugar con estas cosas?

Me encojo de hombros.

—Niños de hoy en día —dice Adele, enderezando por quinta vez los cubiertos junto al lugar vacío donde irá su plato—. Son cosas más aterradoras que nunca.

—Al menos no es el bebé Cthulhu, que estuvieron súper de moda el año pasado —digo. La camarera se apresura con la bandeja llena de nuestras bebidas, y yo guardo el conejo y cuidadosamente vuelvo a colocar la caja en la bolsa.

—¿Así que lo tienes para tu clase? —Adele pregunta.

—Sí. Solo uno, tendrán que compartirlo.

—Eres la mejor maestra de jardín de todos los tiempos. —Tabitha me saluda con su margarita de fresa—. Y eso es mucho decir. La vara es alta.

—¡Por la dulce Sadie! —Charlie levanta su Fat Tire para un brindis.

—¡Por Sadie! —Tabitha y Adele se unen levantando sus copas.

Me sonrojo y bebo mi margarita de mango con ellas. Mis amigas son lo mejor de mi vida en este momento. Las quiero como a hermanas, aunque no podríamos ser más diferentes.

—¿No querías una margarita? —Tabitha le pregunta a Adele.

—No —Adele olfatea y agita su vino tinto en la copa.

—Las margaritas son realmente buenas —celebra Tabitha, agitando su larga y lacia melena pelirroja sobre los hombros.

—No, gracias. —Adele inclina la copa, cierra los ojos y gira su vino para inhalar el aroma.

—Esnob —se burla Tabitha suavemente.

—Déjala en paz. —La voz de Charlie es un poco alta, pero no es por el alcohol. A Charlie simplemente le gusta hablar alto. Balancea la silla sobre sus dos patas traseras por un segundo y luego la deja caer a cuatro patas con un ruido sordo—. Alguien más debería estar bebiendo vino —pronuncia—. Es miércoles de *vino*.

—Te refieres a miércoles de lamentos —corrige Tabitha —. Acordamos cuando empezamos esta tradición que, en realidad, no tenemos que beber vino, solo tenemos que lamentarnos. Entonces, ¿quién arranca?

—Sadie. —Los ojos verdes de Adele me apuntan por encima de la copa de vino. Ella lo sabe todo, es nuestra madre gallina no oficial.

—¿Sadie? ¿Todo bien? —Tabitha pregunta.

—¿A quién tengo que matar? —Charlie agrega plantando sus codos en la mesa—. ¿Es Scott? Lo voy a joder. —También lo dice en serio.

—Todo va bien. —Suspiro y dejo mi margarita.

—No, venga, suéltalo. —Tabitha agita los dedos en un gesto para que hable—. ¿Qué hizo Scott ahora?

—¿Estáis juntos de nuevo? —Charlie frunce el ceño—. Pensé que... después de... el incidente...

—¿El incidente? ¿Así es como le decimos ahora a ponerle los cuernos? —Tabitha pasa su dedo alrededor del borde de su margarita, recogiendo la sal.

—Todavía seguimos separados —le digo—. Pero quiere que vuelva. Me acaba de mandar un mensaje, otra vez, preguntando si podíamos encontrarnos esta noche.

—¿En serio? ¡Te engañó! —Tanto Charlie como Tabitha explotan.

—Shhh. —Adele levanta una mano—. Calma, Sadie está hablando.

—Gracias. —Esbozo una sonrisita—. No vamos a volver a estar juntos. Le dije que no, pero es muy insistente. —Miro mi teléfono en el bolso, que apagué después del el último mensaje para tener algo de paz. En cualquier momento, podría tener varias llamadas perdidas y mensajes sin leer de Scott.

—¿Insistente cómo? —Tabitha pregunta entrecerrando los ojos.

—Mensajes de texto, llamadas —les digo a mis amigas—. Regalos. Flores. Chocolates.

—¿Compró los bombones de The Chocolatier? —Charlie le pregunta a Adele.

Adele sacude la cabeza, todavía mirándome:

—No. Sabe que si entra en mi tienda, le asaré vivo —lo dice con delicadeza, pero no tengo dudas de que en un enfrentamiento entre Scott y Adele, Adele ganaría.

—Vale, así que Scott te ha comprado chocolate promedio —dice Tabitha, enfatizando la *calidad promedio* como si fuera el pecado más atroz. Y en nuestro grupo, es atroz—. ¿Entonces qué?

—No deja de contactarme. El otro día, él y mi padre se encontraron fuera de la escuela. Scott dijo que era por una reunión del desarrollo de bienes raíces, pero creo que la planeó para cuando justo llevaba a los niños al recreo.

—Asqueroso —dice Charlie.

—Así es Scott. Tan sombrío. ¿Por qué tu padre no se da cuenta? —Tabitha se inquieta.

—Porque el padre de Sadie es igual —dice Adele con firmeza—. Cortados por la misma tijera. —Me mira directamente a los ojos y levanta una fina ceja marrón.

Me quedo callada porque tiene razón. Mi papá ama a Scott y a sus ideas de desarrollos inmobiliarios mucho más que yo. Tiene planeada toda nuestra boda, así los dos pueden hacerse cargo de todos los bienes raíces de la zona. Adele tiene razón. Scott es una copia al carbón de mi padre.

—Vas a resistir, ¿verdad? —Tabitha se muerde el labio—. ¿No le aceptarás de vuelta?

—No. —No tengo intención de dejar que Scott entre a mi vida nunca más—. Pero no se detendrá. Sabes que no aceptará un no por respuesta.

—Horrible —dice Charlie de nuevo y se baja su cerveza.

El resto de nosotras también terminamos nuestros tragos, y cuando viene la camarera, pedimos más y la comida.

—¿Podemos ayudarte? —Tabitha pregunta una vez que la camarera se ha ido—. Tal vez podamos hablar con él.

—No, no hagáis eso. Conociendo a Scott, empeorará las cosas. Simplemente está acostumbrado a conseguir lo que quiere.

—No te puedes fiar de esos tipos desarrolladores inmobiliarios —dice Charlie con la boca lleba de chips de tortilla —. Tan agresivos. Hacen tratos todo el día, luego vuelven a casa y piensan que esa es la única manera de relacionarse con otra persona.

Tabitha está de acuerdo, entonces ella y Charlie se lanzan a uno de los temas favoritos de los lugareños de Taos: el malvado desarrollador de bienes raíces.

—Lo siento, Sadie —me dice Adele en voz baja.

—Está bien. Hablemos de otra cosa. No quiero que una mala relación nos arruine la noche.

Adele me aprieta la mano pero no dice nada

Afortunadamente, me salva el rugido de las motos al otro lado de la plaza.

Cuatro motocicletas enormes, conducidas por gigantescos moteros, llegan a la plaza y se detienen en un callejón junto a la zona peatonal.

—Oh, cielos —gime Tabitha—. Más fans de *Easy Rider* recreando su viaje por el suroeste. —Desde la icónica película de los años sesenta, los motoclistas han hecho de Taos parte de la peregrinación. Eso se suma a la gran manifestación anual de moteros en Red River durante el Día de los Caídos, que atrae a más de veinte mil al área.

Sin embargo, algo de estos tipos es diferente. No se parecen a los hippies de *Easy Rider*. Tampoco tienen las largas barbas o el pelo que caracteriza a algunas bandas de moteros. Estos tipos son enormes y están en forma. Hombros anchos y pechos de barril. Muslos gruesos y musculosos.

Oh, Dios, ¿ando mirando sus muslos?

Nos quedamos en silencio mientras desmontan y pasan por delante de la ventana del restaurante. Visten ropa de cuero y llevan tatuajes, como era de esperar, y todos usan gafas de aviador.

—Maldición —murmura Tabitha, encorvándose en su silla.

—¡Cielos! Apuesto a que si te enfrentas a uno de esos, tendrás sobredosis de testosterona —dice Charlie. Los cuatro motociclistas se detienen justo en frente del patio del restaurante. Se paran como un grupo de rudos cuando hablan.

Uno de ellos no lleva una chaqueta de cuero, solo un chaleco de cuero negro que deja sus brazos descubiertos. Cuando se quita las gafas de aviador, sus bíceps sobresalen, prácticamente tan inflados como una pelota de baloncesto. El tatuaje de su brazo, un lobo negro bajo la luna llena, se destaca con el movimiento, y los músculos de mi bajo vientre se contraen con fuerza.

El motero que acaba de quitarse las gafas de sol gira la cabeza lentamente en nuestra dirección. Tiene el pelo oscuro cortado al rape, no deja que nada estropee las líneas masculinas de su rostro. Vaya. Tiene los ojos oscuros como el café y le brillan de forma extraña en la penumbra. Una sacudida me recorre las extremidades: Me está mirando directamente.

Mi mano, por su propia voluntad, se eleva en el aire.

—¡Sadie! —Tabitha quiere susurrar pero grita—. ¿Qué estás haciendo?

Sinceramente, no lo sé. Parece que no puedo apartar la

mirada del motero, que es lo opuesto a mi tipo de hombre. Aún así, le saludo con la mano. El motero levanta la barbilla en señal de saludo. Un descarga de electricidad me recorre de pies a cabeza, como si me hubiera alcanzado por un pequeño rayo. Los labios perfectos del hombre se contraen en el indicio de una sonrisa, luego se vuelve hacia sus amigos.

Los moteros terminan su conversación y se alejan a grandes zancadas. Sus pesadas botas no hacen ruido sobre las piedras, pero el aire de la plaza parece crujir. El motociclista de cabello oscuro mira hacia atrás, directamente hacia mí, y me guiña un ojo. Otro vistazo, y mi corazón se salta un latido.

—Espera... ¿Ese tipo te *guiñó un ojo*? —Adele exclama.

Me río.

—Sí, creo que sí.

—Oh, Dios mío —gime Tabitha.

—Esos tíos dan miedo —Charlie los señala con el pulgar encima del hombro.

—No lo sé —reflexiono—. Pensé que estaba bastante bueno. —Scott es alto y guapo, y se enorgullece de sus músculos de gimnasio. Pero si comparase a Scott con ese motociclista de pelo oscuro, mi ex parecería un muñeco de felpa.

Mia amigas se quedan boquiabierta con mi admisión, luego todas nos reímos a carcajadas.

Miro por la ventana para ver por dónde se fueron.

—¿Quiénes son esos moteros? —Tabitha le pregunta a la camarera cuando viene con nuestra comida.

La mujer se encoge de hombros.

—Los veo por aquí de vez en cuando. A veces en sus motos, a veces en uno de esos vehículos de aspecto militar.

—¿En serio? ¿Un Humvee? —Las cejas de Charlie suben. Sabe de coches.

—¿Un Humvee es como un Hummer? —Tabitha pregunta.

—No, Humvee *es* un vehículo militar —responde Charlie—. No todos son legales en carretera. ¿Esos tipos son exmilitares?

—No pregunto, cariño —dice la camarera—. Mantengo la boca cerrada y los miro hasta saciarme.

—¿Ves? —señalo—. Ella también piensa que están buenísimos.

—No dije que no lo estuvieran —murmura Tabitha tomando un trago de agua.

—¿Alguna vez comen aquí? —Adele pregunta. Su vaso de agua está medio lleno, y todavía lo sostiene.

—No, no se quedan mucho tiempo. Cuando no están en sus motos, compran provisiones y se van —dice la camarera.

Charlie chasquea los labios.

—Me parecieron más militares que una banda de moteros. La forma en que se paran, ¿viste? Hombros hacia atrás, pecho erguido. Y los cortes de pelo.

—Estaba mirando al que tenía el tatuaje del lobo y la luna —confieso.

—Todos tenían tatuajes de lobos y lunas —acota Adele.

—¿En serio? —Tabitha entrecierra los ojos a Adele.

—Sí. —Adele no dice nada más.

—¿Te imaginas a Sadie apareciéndose con un tipo así como su nuevo novio? Scott se quedaría tieso —afirma Charlie.

—También su padre —concuerda Tabitha.

Adele se atraganta de risa.

—Oh, Dios, sería gracioso. ¿Te imaginas la expresión en la cara de Scott?

Es mi turno de tomar agua y beberla a fondo. Puedo imaginarme la cara de Scott si me viera al lado de un motero así. Le daría un ataque. Pero no quiero pensar en Scott. ¿Cómo sería salir con un motero? ¿Sería increíble en la cama? Suponiendo que me mirara dos veces. Ese tipo de hombre, esos músculos, desnudo y extendido sobre mi edredón...

Un rubor se expande por mi cara. Agarro mi vaso de agua vacío. No hay suficiente agua en el mundo para saciar este deseo.

—Estaba bromeando —dice Charlie con una mirada de alarma hacia mí, como si hubiera adivinado mis pensamientos. Como si hubiese visto cuán lejos he recorrido el camino de probar a ese gigantesco hombre como compañero sexual —. Estaba bromeando, totalmente. Esos tipos definitivamente no son confiables.

—Si son militares, probablemente sean mucho más confiables que una banda de moteros —razono.

Charlie sacude la cabeza.

—Aunque lo fuesen, son un problema. Nunca saldría con un militar. Son hombres de putas y adictos a la adrenalina. Definitivamente no sirven para novios. Especialmente menos para ti.

—¿Qué se supone que significa eso?

—No, nada. Solo que eres dulce, Sadie. Lo sugerí para que fuera divertido. Pensé que nunca, nunca saldrías con un tipo que se pareciera a ellos.

Me encojo de hombros.

—Bueno, nunca se sabe.

Todas mis amigas me miran fijamente y les guiño un ojo para hacerlas reír otra vez, pero cierta rebeldía y audacia ha echado raíces dentro de mí.

Me encanta la idea de sorprender a todos los residentes

de este pequeño pueblo, que piensan que me conocen, pasando el rato con un rudo motero.

Pero Charlie tiene razón. Es una locura.

* * *

Deke

Hay un dulce aroma flotando por la plaza del pueblo que enloquece a mi lobo. Sigo levantando la cabeza y olfateando el aire.

—Basta —me murmura Lance, y un gruñido retumba en mi pecho. Mi rubio compañero de manada está parado demasiado cerca. Maldito, lo hace a propósito. Sabe que mi lobo necesita espacio.

—Déjalo en paz —Channing me defiende ante Lance—. Hay casi luna llena. Eso lo vuelve loco.

—Estamos hablando de Deke —responde Lance—. Siempre está loco.

Entrecierro los ojos hacia él. Lance de repente da un paso lateral para correme del camino. Me conocen por reaccionar y golpear a mis compañeros de manada por menos provocación.

—Nada de peleas. —Rafe, nuestro alfa, aparece de las sombras del callejón—. No frente a civiles. —Por *civiles* se refiere a *los humanos*. Rafe le echa una mirada extra larga a Lance. Los dos son hermanos, pero Rafe nunca tiene favoritismos. En todo caso, es más duro con Lance que con nosotros.

—¿Terminaron los negocios? —Lance pregunta, pasando una mano por su cabello rubio de surfista. El maldito chico guapo se acicala como si estuviera en una banda de adolescentes.

—Sí, vámonos —ordena Rafe.

Los otros siguen inmediatamente nuestro alfa, pero yo me resisto, raspando las botas en las piedras de la plaza. Ese aroma me llama. Dulce caramelo. Se me hace la boca agua.

Rafe no pasa por alto mi reticencia.

—¿Deke? ¿Vienes?

—No lo sé. —Me froto la barbilla—. Creo que voy a quedarme un rato. —Incluso mientras lo digo, sé que es mentira. Soy el último de mi manada que querría quedarse en una plaza pública repleta de humanos. Las cosas marchan mejor para mí ahora que estoy fuera del servicio militar. Tenemos nuestro propio lugar y podemos correr libres por las montañas todas las noches, lo cual mantiene a mi lobo a raya. Pero sigo siendo el tipo que se pone nervioso cuando hay demasiada gente.

—¿Para qué? Esta noche no hay concierto. —Channing sonríe y señala un viejo volante—. Y no sabía que te gustaba Jimmy Buffett.

Le hago un gesto de desprecio.

—Deke —dice Rafe, con un gruñido en su voz.

—¿Qué? —Por respeto a mi alfa, guardo mi dedo medio —. Solo quiero quedarme un poco más. Disfruto del aire nocturno.

Hay una larga pausa mientras mi manada me mira fijamente como si anunciara que quería ponerme un bonito tutú rosa y bailar un *pas de deux*.

—Podría quedarme contigo —ofrece Lance.

—No necesito una niñera. —Basta ya con este cabrón. Le muestro los dientes. En respuesta, el lobo de Lance hace notar su presencia, con los ojos azules centellantes. Mi lobo asoma, a un segundo de cruzar los límites.

—Bien. —Rafe se interpone entre su hermano y yo, insertándose físicamente entre nosotros. Siempre pacificador, hasta que le enfadamos demasiado. Luego nos patea el culo. No es un sistema perfecto, pero funciona—. Deke, haz lo que quieras. El resto de nosotros regresamos. —Él sacude la cabeza, y Channing y Lance marchan hacia las motos. Rafe se queda atrás.

—¿Estás seguro de esto? —murmura. Mi alfa es el único que tiene derecho a hacerme esta pregunta, y todavía me pone nervioso. No tengo el mejor historial alrededor de los humanos. No soy encantador como Lance. Me pongo francamente hosco, y si me provocan... Bueno, digamos que los problemas están garantizados

Como Rafe lo sabe, me vigila más de cerca. Si fuera un lobo menor, mi lobo le desafiaría y le haría trizas.

La mayoría de las veces, me alegro de que Rafe sea mejor luchador que yo. Cuando alguna vez perdí el control o iba demasiado lejos, estaba allí para contenerme.

Pero esta noche, quiero que me dejen en paz.

—Estoy bien —digo y estiro los labios en una aparente sonrisa. Esta es mi cara feliz, y sé que deja mucho que desear. Me han dicho que los esqueletos son menos espeluznantes.

Efectivamente, Rafe sacude la cabeza.

—No le muestres eso a los civiles. Los asustarás —ordena, pero luego me da una palmada en el brazo en código universal para decir "Cuídate", y me deja, dirigiéndose en dirección a las motocicletas.

Un suspiro me sale cuando mi manada se aleja. Normalmente, estaría encantado de marcharme de este pueblo, lejos de toda esta gente. Feliz de estar en la moto. No hay nada como un largo viaje por las carreteras de montaña, el viento que sopla sobre mí y me enfría los brazos, nada entre el cielo nocturno y yo. Pero esta noche, tengo cosas más importantes que hacer.

Levanto la cabeza hacia la luna y bebo su dulzura de caramelo. Voy a encontrar a la dueña de este dulce aroma antes de que mi lobo se vuelva loco, más loco de lo que ya está.

* * *

Sadie

Me quedo callada el resto del miércoles de lamentos. Dejo el lloriqueo para mis amigas, y un poco después del atardecer, me retiro temprano.

—Noche laboral —les digo a las chicas cuando me despido.

Al cruzar la plaza, enciendo el teléfono y zumba con todos los mensajes y llamadas perdidas. Dos mensajes de Scott. Uno de mi papá. No sé qué mensaje temo más.

Al menos la noche es bonita. El sol se ha hundido bajo el horizonte dejando una neblina azul crepuscular. He pensado en irme de Taos, huyendo como lo hizo mi madre, pero no quiero dejar mi pueblo natal. Además, me parezco más a mi padre de lo que quiero admitir. Soy terca. Puede que sea callada y dulce, pero no me gusta perder.

Algunos mensajes más aparecen en la pantalla. Los de Scott, *¿Dónde estás?* Y luego, *sé que es el miércoles de llantos.* Lo escribió mal, a pesar de que le he contado sobre la broma repetidamente. Un detalle simple, por el que no puede molestarse en registrar o no le importa. Me hace apretar los dientes. No me enfadaría si no fuese porque Scott siempre menosprecia a mis amigas, que fueron lo bastante educadas con él para apoyarme el haberle elegido, pero desearía haber dejado que Adele le atacara.

Empiezo a pedir un coche para regresar a casa, —no vengo con mi coche al pueblo los miércoles porque sé que voy a beber—, pero antes de que pueda confirmar el viaje, llega otro mensaje de Scott que me provoca un escalofrío que me recorre el cuerpo. *Veo que estás en Lizanos. Estoy aquí en la plaza, cerca del Rideshare. Hablemos.*

Oh, no. Me apresuro pero es demasiado tarde. Veo el letrero azul y, efectivamente, ahí está. Un hombre alto, un larguirucho con pantalones negros y una elegante chaqueta deportiva. Es Scott. Tiene sus auriculares bluetooth puestos, y por la forma en que gesticula, puedo decir que está hablando con alguien por teléfono. Probablemente esté cerrando un trato para demoler una centenaria iglesia de adobe y construir un montón de condominios con centro comercial.

Me detengo y paso detrás de una cabañita que es un puesto de mercado permanente. Podría regresar con mis amigas y pedir una escolta al área de coches compartidos, pero ebrias como están, al menos una insistirá en confrontar con Scott. Las otras dos se unirán y será una escena.

¿Qué voy a hacer?

Una extraña luz verde me ilumina desde el callejón. Una forma oscura se agazapa en las sombras. Mientras observo, se endereza, haciéndose más alta y enorme, a medida que emerge un hombre gigantesco. Es el motero que vi antes, el que me guiñó un ojo. Le reconozco aun en la oscuridad. Lleva las gafas de sol en la cabeza. Sus ojos son color castaño oscuro pero captan la luz de una manera extraña: verde intermitente. Me está mirando directamente.

¿Te imaginas a Sadie apareciendo con un tipo así?

Me cierro el cárdigan. Se me ocurre una idea descabe-
llada y antes de perder las agallas, me acerco a él.

El aterrador motero es aún más grande de cerca. Tiene
placas de identificación en una cadena alrededor del cuello.
Es militar, como dijo Charlie.

Me relamo los labios. Ni siquiera puedo creer que haga
esto.

—Disculpa —le llamo. Mi voz sale chirriante. Me aclaro
la garganta y lo vuelvo a intentar—. Disculpa. ¿Puedes
ayudarme con algo?

Da un paso adelante como si estuviera esperando mi
invitación. Su cabeza se inclina hacia un lado, sus labios
perfectos se separan.

—¿Sí, cariño? —Su voz es grave pero amable. Normalmente, odio que me llamen *cariño*, pero me mira a la cara.
Se le encienden las fosas nasales como si me estuviera respi-
rando, sus ojos parecen volverse aún más verdes.

Su intensa mirada es un poco desconcertante.

—Um —chillo de nuevo—. Tengo un problema.

—¿Problema? —repite.

—Sí. No es tan importante, pero esperaba que pudieras
ayudarme. —Es una locura. Esto es una locura. Es la cosa
más audaz que he hecho, y probablemente nunca tendré el
valor de volver a hacerla. Tal vez sea por la margarita de
mango, tal vez sea solo yo siendo valiente por una vez.

—Claro, cariño. —El motero accede tan rápido que
pierdo el hilo de pensamiento.

—Ni siquiera sabes de qué se trata. —Miro sus ojos
marrones y me mareo un poco.

Se encoge de hombros.

—Pruébame.

—Vale. Ahí hay un tipo —digo apresuradamente—. En
realidad, es mi ex, y me está molestando un poco. Me

encontró de alguna manera y está allí, esperándome. —Señalo el sitio de aparcamiento.

El motero mira alrededor de la esquina. Un sonido bajo y retumbante parece salir de su pecho. Entonces se vuelve hacia mí y el sonido se corta abruptamente.

—¿Quieres que le mate?

—¡No! —Me río de la broma. Porque tiene que ser una broma, aunque el hombre suena muy serio—. Tonto. —Sacudo la cabeza hacia él como si fuera uno de mis alumnos de jardín.

Cuando una sonrisa se forma en las comisuras de sus labios, siento calor por todas partes.

—¿Estás segura, cariño? —Ahora hay una pizca de burla en su voz.

—Sí. —Yo le sigo el juego—. Hay demasiados testigos aquí. ¿Y dónde esconderíamos el cuerpo?

El tipo se rasca la barbilla.

—Se nos podría ocurrir algo. Podría llevarle a alguna parte. A algún lugar remoto. Y podía hacer que pareciera que un lobo acabó con él.

—Um, vale. —*Eso es extrañamente específico.* Finjo pensarlo—. No, no es necesario. Solo quiero que no me moleste. Pensaba que podrías acompañarme hasta allí y fingir que eres mi acompañante. Solo por unos minutos.

—¿Tu acompañante? —repite.

Dios. Fue una idea estúpida. Me avergüenzo horriblemente ahora.

—¿Eso es lo que quieres? —El hombre levanta una ceja oscura.

Aquí viene, el rubor subiendo desde mi pecho. Afortunadamente es de noche y las tenues luces de la plaza deberían ocultar mi cara roja brillante.

—Si no te importa.

27

—No lo sé.

—Vale. —Quiero alejarme para escapar de esta humillación, pero el motero agacha la cabeza para acercarse. Huele a cuero y piel masculina limpia. Me hormiguean los sentidos—. Parece más eficiente alejarle permanentemente.

—Puedo decir por su tono que no bromea.

Dejo escapar una risita histérica.

—¿Podrías hacerlo a mi manera? —le susurro—. ¿Como un favor?

—Un favor, ¿eh? —Me mete un mechón de pelo detrás de la oreja. Tras ese contacto, se me tambalean las piernas y me apoyo contra el edificio.

Se me ocurre que acercarme a un corpulento hombre de aspecto aterrador en un callejón oscuro probablemente no sea mi movimiento más brillante. ¿Qué me hizo pensar que era más seguro este tipo que Scott? Pero sin embargo, no puedo encontrar en mí nada de temor. La agitación en mi vientre, la aceleración de mi pulso, no son por miedo. No. Son de excitación.

—¿Cómo te llamas? —pregunto por encima de los latidos de mi corazón.

—Deke. ¿Y tú?

—Sadie.

—Sadie —murmura con su voz grave. Apoya un brazo encima de mí. Por un momento, su gran cuerpo me enjaula contra la pared.

Todavía no tengo miedo.

En cambio, me siento pequeña y segura, refugiada del mundo.

Luego se aleja.

—Vale, Sadie. Hagámoslo.

* * *

Sadie

Siento la gran mano de Deke posarse en la parte baja de mi espalda mientras cruzo la plaza con él a mi lado. Deke es el doble de tamaño que yo y casi el doble de alto, pero cuando camina no hace ningún sonido.

—El nombre de mi ex es Scott —le digo mientras caminamos hacia el lugar de aparcamiento.

—Scott —repite Deke.

—Salimos durante tres años. —No sé por qué balbuceo, pero no puedo parar—. No entiendo por qué estuve con él tanto tiempo. Fue agradable al principio, pero...

El ancho pecho de Deke vibra con otro sonido retumbante. Automáticamente, le pongo una mano en el hombro y el sonido se corta. Se detiene en seco, yo también, y me vuelvo hacia él.

—No me hizo daño —aclaro—. Rompimos cuando descubrí que me engañaba. Pero ahora me quiere de vuelta.

—¿Y tú? —Deke me estudia de una manera que me provoca breves escalofríos de arriba abajo en mi columna vertebral—. ¿Qué quieres?

Mi corazón suspira ante la pregunta. ¿Cuándo fue la última vez que un hombre me preguntó qué quería?

—Quiero que me deje en paz.

—¿Y luego qué? —Estamos cara a cara, pecho con pecho, lo suficientemente cerca como para sentir su calor traspasándose a mi piel. Tengo un fervor creciente en la zona del bajo vientre, un anhelo profundo que no he sentido en mucho tiempo.

—Quiero ser feliz. Quiero ser libre.

Deke me pone la mano en el brazo y por un momento somos solo nosotros dos. Sus dedos rodean mi antebrazo y se deslizan hacia abajo, encadenando mi muñeca. Cuando su pulgar me roza el pulso, estoy muy cerca de renunciar a nuestra misión para encontrar un rincón oscuro donde explorar la promesa del tacto de este desconocido.

Entonces oigo la voz de Scott resonando en el aparcamiento, hablando por teléfono, pero no se molesta en ser discreto y mantener su lado de la conversación en voz baja. Siempre lo hace, incluso cuando estábamos en casa, como si quisiera asegurarse de que todos los presentes se pusieran a sus pies y supieran lo importante que era su llamada.

Me doy vuelta, pero Deke no me suelta. Desliza la mano hacia abajo para coger la mía y entrelazar los dedos. Mi corazón se acelera en un martilleo ante la emoción; por la audacia de sostener tan íntimamente la mano de un desconocido. Se siente salvaje, rebelde y divertido. Le sonrío y sus labios se levantan un poco en las esquinas. Caminamos el resto del aparcamiento así, cogidos de la mano.

Oh, Dios, espero no haber cometido un error. Acelero el paso y troto un poco por delante cuando nos acercamos a mi ex.

Scott me ve y gira.

—Sadie. —Se toca los auriculares y dice en voz alta a la persona en la línea que debe colgar, en lugar de esperar cinco minutos que la llamada termine naturalmente, como solía hacer cuando estábamos saliendo. Me dedica su sonrisa de publicidad de pasta dental como si dijera *¿Ves, cariño? ¿Ves lo importante que eres para mí?* Resisto el impulso de poner los ojos en blanco.

Entonces Scott nota a Deke y sus ojos se entrecierran. Es tan obvio lo que está pensando. *Otro hombre en mi territorio.*

Me preparo para una disputa de propiedad. No es exactamente un momento de orgullo para mí el hecho de usar a otro hombre para intimidar a mi ex. Pero luego Deke me aprieta la mano y da un paso adelante para enfrentar a Scott, entonces me doy cuenta de lo pequeño y artificial que es Scott. Bronceado falso; cabello perfecto. Parece un muñeco Ken junto a un G.I. Joe.

Voy a disfrutar esto.

—Scott —le digo—. Recibí tus mensajes. Todos.

—Sadie. —Scott mira por debajo de la nariz a Deke. Una hazaña impresionante, teniendo en cuenta que Deke es más alto que él—. ¿Es un amigo?

—No —dice Deke—. Soy el nuevo hombre de Sadie. —Y me cubre los hombros con el brazo. Me acerco y me apoyo contra su pecho. Un pecho muy firme y musculoso.

—Él es Deke. Acabamos de conocernos y... bueno, nos llevamos bien. —Le sonrío a Deke. Nuestras miradas se unen por un segundo extralargo y me olvido de respirar. Vaya, realmente es impresionante.

Casi me olvido de que Scott sigue parado justo frente a nosotros y se aclara la garganta tres veces antes de que le devuelva mi atención. La nariz de Scott se arruga como si oliera algo podrido.

—Sadie, tú no eres así.

Le doy una expresión inocente y burlona.

—¿Qué no es así?

—Quiero decir ... ¿Le acabas de conocer? ¿Le coges la mano a este tío? —Le da a su cabeza una sacudida, como si estuviera tratando de borrar todo de su mente—. Esperaba que pudiéramos hablar. A solas.

Me quedo callada y Deke me aprieta suavemente. Me doy cuenta de que mi falso novio motero espera una señal. Pero va a dejar que me defienda primero.

—No es necesario. Se acabó, Scott. Hemos terminado.

—Sadie... —Cuando Scott da un paso adelante, el sonido

retumbante sale del pecho de Deke nuevamente. Es un gruñido. Un gruñido *literal*.

Scott se congela a mitad de paso.

—Entiéndelo, Sears —Deke usa el apellido de Scott. Tal vez conozca a Scott mejor de lo que pensaba—. Ella lo ha superado. Escucha lo que Sadie te está diciendo y sigue adelante.

Scott empieza a balbucear, pero Deke me gira suavemente y quedamos de espaldas a mi ex.

—¿Lista, nena? —Deke me pregunta.

—Sí —le digo, aunque no tengo idea de lo que habla. Me mantiene acurrucada en el hueco de su brazo mientras me lleva de regreso por la plaza hacia su enorme moto. Cuando llegamos, me suelta. Por el rabillo del ojo, veo que Scott todavía nos mira.

—Toma. —Deke me entrega un casco negro.

—¿Para qué es esto?.

—Para tu cabeza. —dice con humor—. ¿Quieres ir a dar un paseo? ¿Solo para irritarle?

Abro los ojos de par en par, pero asiento. *Sí, sí.*

Toma el casco y me lo pone, lo ajusta a mi cabeza y lo abrocha con cuidado. Me da un vuelco al corazón mientras se preocupa por ajustar la correa con sus grandes dedos, sorprendentemente ágiles. Abre la alforja lateral y me hace un gesto para que le entregue mi gran bolsa con el conejo. Cuando lo hago, lo coloca en la funda de cuero y asegura la cerradura en forma de cinturón. Luego se monta en la moto, levanta el soporte y la estabiliza.

—Súbete.

Vale, esto está sucediendo. Me quiere en la moto. Elegí a un motero para novio falso, y ahora estoy a punto de irme con él frente mi ex que nos mira.

Deke enciende la moto y la acelera. El aire tiembla con el rugido del motor.

—¿Lista, nena? —grita por encima del ruido.

No estoy segura de si me está llamando *nena* en caso de que Scott escuche o si lo hace porque así es como llama a las mujeres, pero me hace sonreír.

Respiro hondo y me subo detrás de él. Toma mis manos y las cierra alrededor de su cintura. Toco su camiseta suave y siento emoción al notar los músculos duros debajo.

No puedo creer que esté haciendo esto.

—¿Estás bien? —Deke pregunta por encima del hombro. Su mejilla se curva por una sonrisa. No lleva casco.

—No llevas casco —le digo. Sueno como la ñoña maestra de jardín hasta para mis oídos.

—Nena —dice en respuesta, y la moto despega con un rugido. Pasamos justo por delante de Scott. No puedo verle el rostro, pero puedo imaginar su rabia y aturdimiento. Es delicioso. Le doy un breve saludo y luego agarro a Deke con más fuerza mientras avanzamos a gran velocidad por la calle principal del pueblo, la carretera Paseo del Pueblo Norte, y luego tomamos la curva hacia la noche abierta.

Nunca supe que andar en moto era tan divertido. El fresco aire nocturno corre a nuestro alrededor. La moto de Deke es un monstruo de cuero y cromo ronroneando caliente debajo de mí, pero Deke es aún más grande. La monta con perfecta facilidad, y su gran cuerpo sólido y erguido, bloquea la mayor parte del viento. Me presiono hacia él con la mejilla en su chaleco de cuero. No va demasiado lejos del pueblo y gira por un camino secundario. Cuando se inclina en las curvas, yo me inclino con él, y la moto serpentea ágilmente por las carreteras secundarias de Taos.

Por un momento, pienso en gritar algunas preguntas:

"¿A dónde vamos? ¿Cuál es el plan?", pero el cielo tan vasto sobre nosotros, como un terciopelo negro tachonado de estrellas que parecen diamantes, la noche es tan grande e ilimitada, que olvido de mis preocupaciones. No hay nada más que el gigantesco hombre al que me aferro, la moto retumbando bajo nosotros y las carreteras interminables. Las preocupaciones del trabajo, Scott, mis amigas, y qué demonios estoy haciendo, desaparecen. Las abandono como tapacubos viejos al costado de la carretera.

Estoy feliz. Soy libre.

Una vez que Deke guía la moto por un puente de un solo carril, se detiene. Miro el río que corre justo debajo en un murmullo, un afluente del Río Grande. Sobre nosotros, encima de las copas de la arboleda, un millón de estrellas fulguran en el cielo negro. El lugar es oscuro y aislado, pero no tengo miedo.

—Esto es bueno —le digo.

—Sí. —La voz de Deke es suave. Se cierne sobre mí, grande pero no imponente. El aire de la noche es fresco y debería tener frío, pero todo lo que siento es el calor que emana de él. Otro paso, y estaría en sus brazos.

Conocí a este tipo hace menos de una hora, ya he estado en su moto, puse mis brazos alrededor de él y me aferré con fuerza. Y ahora estoy aquí, sola, con un desconocido que ya parece un amigo.

Estoy perfectamente contenta hasta que me doy cuenta de lo que dirían mis amigas.

Acabo de subirme a la moto de un desconocido y dejé que se fuera conmigo. En la oscuridad. Sin ninguna discusión de a dónde iba o cómo llegaría a casa.

* * *

Deke

La pequeña humana me mira mordiéndose el labio. El viento se levanta arremolinando su aroma a caramelo. No puedo tener suficiente. Es literalmente la humana más linda que he conocido. Todo en ella me da ganas de sonreír. Y no he sonreído en años.

Ahora que estoy a solas con Sadie, el ruido constante que suelo tolerar de mi lobo se ha calmado, ese impulso hacia la violencia, la inquietud subyacente, parecen haber desaparecido. Han sido reemplazados por el impulso de marcarla pero ese sentimiento puedo controlarlo.

No voy a llegar a eso con la dulce Sadie Díaz. Sé que reclamar a una humana es una imposibilidad para mí.

Es demasiado. Demasiado peligroso.

—Um, gracias por ayudarme —dice Sadie.

—No hay problema. Encantado de ayudarte. —Lo habría hecho de todos modos. Ojalá hubiera podido hacer más, y si hubiera conocido solamente a Scott, tal vez lo habría hecho. Al final resultó que actué bastante civilizadamente. Mi manada se sorprendería.

—Nunca pensé que Scott sería así. —Sadie sacude la cabeza. Odio escuchar ese nombre en sus labios, pero me alegro de que confíe en mí. Estoy feliz de dejarla hablar—. Lo que no entiendo es cómo sabía dónde estaba. Me acosa de alguna manera.

Ahora puedo hacer algo al respecto.

—Tu teléfono —ordeno y extiendo la mano con la palma hacia arriba. Ella inclina la cabeza hacia mí con el ceño fruncido—. Déjame verlo —aclaro. Tengo que recordar hablar con oraciones completas. La mayoría de las veces ni me molesto. Odio a la gente, hablar con monosílabos es una buena manera de comunicar mi desprecio. También enloquece a mi manada, lo cual es un plus.

Saca su teléfono del bolsillo de los vaqueros y me lo entrega.

—¿Contraseña?

—No hay contraseña —dice ella.

—¿En serio? Necesitas una contraseña. —Deslizo el dedo hasta la configuración de seguridad y le pido que ponga una contraseña—. Nada demasiado fácil de adivinar —le sugiero—. Ni fechas o cumpleaños comunes.

—Bien. —Ella finge quejarse pero escribe algo.

—¿Tienes una? —pregunto, y asiente con la cabeza—. Bien. ¿Cuál es?

Frunce el ceño antes de darse cuenta de que estoy bromeando.

—Como si fuera a decírtela —responde juguetonamente.

—Buena chica. —Esbozo una media sonrisa, luego hago que desbloquee el teléfono por mí. Busco solo un segundo antes de detectar la aplicación de seguimiento. Le muestro la pantalla.

—¿Scott te pidió que instalaras esta aplicación?

Sus ojos se abren de par en par.

—¿Qué es?

—Es una aplicación que transmite la ubicación de tu teléfono a cualquier persona que aceptes.

—Yo no la instalé. Scott nunca me pidió que instalara nada —dice Sadie.

Tal vez le mate. No puedo hacer que mi lobo lo haga ahora que compartí ese plan con Sadie. Tendré que pensar en otra cosa.

—Probablemente lo hizo sin preguntarte entonces. Sería fácil porque no tenías una contraseña. —Toco con el pulgar mientras hablo, desinstalando la aplicación—. Me estoy deshaciendo de ella. Cuando llegues a tu casa, haz una copia de seguridad de tus datos y realiza un restablecimiento completo. Mantén la contraseña y reinicia tu teléfono todas las mañanas. La mejor ofensiva es una buena defensa.

También introduzco mi número de teléfono.

—Estoy guardando mi número aquí, en caso de que necesites un rescate nuevamente. ¿Vale?

—Sí. Gracias. —Sadie acepta el teléfono y me mira con los ojos entrecerrados—. ¿Cómo sabes todo eso?

—Trabajo en seguridad.

—¿Como la seguridad cibernética? —El viento le despeina el pelo y me acerco para protegerla.

—Todo tipo de seguridad. Pero sobre todo, misiones de seguridad del gobierno. —Esta es la conversación más larga que he tenido con un humano en años. Nunca ofrecería voluntariamente esta información a nadie, pero Sadie es diferente. Sadie es especial—. Mis socios y yo somos dueños de Black Wolf Security.

—¡Oh! —Le brillan los ojos—. ¿Es por eso que todos tenéis tatuajes de lobos?

Me balanceo sobre mis talones.

—¿Notaste eso?

—Mi amiga lo notó. Solo vi el tuyo.

Mi polla se agita contra la cremallera. A mi lobo le gusta que me haya elegido entre la manada.

—Todos nos tatuamos antes de dejar el ejército. —Me subo la manga y le muestro mis bíceps—. Éramos de Operaciones Especiales.

Traza ligeramente la luna con las yemas de los dedos. La electricidad se dispara a través de mí, me inclino más cerca para captar el aroma a vainilla en su cabello. Tiene la piel pálida y luminosa a la luz de la luna, el cabello sedoso le flota alrededor de su rostro. Normalmente, odio que me toquen, pero mi lobo felizmente se acercaría para frotarse el vientre.

—Es lindo. —Traza el tatuaje con los dedos. ¿Se le puso la voz más ronca? ¿Es el aire nocturno?

Aparta la mano y tengo que tragar varias veces. Mi polla se puso dura, presionando contra la parte delantera de mis vaqueros.

—¿Qué hay de ti? —pregunto, mi propia voz es más grave de lo normal para mis oídos—. ¿Qué haces?

—Soy maestra en un jardín de infancia. Lo que me recuerda, debería llegar a casa. Es una noche laboral.

—¿Dejaste tu coche en la plaza? ¿O quieres que te lleve a casa?

Sadie se mordisquea el labio. Creo que este paseo la tiene nerviosa. Lo cual es bueno. No debería subirse a la motocicleta de un tipo al azar y andar por el pueblo con él. Aún así, odio la idea de que me tema.

—Llévame a casa, por favor.

—Claro. Dime la dirección. —Lo mínimo que debo hacer es verla a salvo en su casa.

Saboreo cada segundo del viaje a su casa al norte de Taos. Me aprieta más cada vez que me inclino en una curva. Tomo los últimos kilómetros más lentamente, relajándome en cada giro, disfrutando del paisaje pintado por la noche, en lugar de pasar a toda velocidad por las sombras y el azul medianoche.

Cuando me acerco a su puerta, planto los pies para estabilizar la moto, pero me quedo mirando hacia adelante con los hombros rígidos. Esta no ha sido una cita, fue una operación de rescate. Mi trabajo era traerla a su casa. No acompañarla a la puerta. Definitivamente no voy a acercarme a ella para saborear ese aroma delicioso antes de que entre.

Por un momento, Sadie no se mueve. Todavía me sostiene como si fuera reacia a soltarse. Aprieto los dientes tratando de no pensar con qué facilidad podría deslizar su mano por mi estómago, en mis vaqueros. Mi polla se sacude de solo pensarlo.

Finalmente, se baja de la moto. Pierdo la batalla conmigo mismo y giro ligeramente la cabeza para llenar mis sentidos con su aroma a vainilla.

—Gracias por el viaje —dice ella—. Y, mmm, por todo. —Se quita el casco y me lo entrega. Intercambio su bolso por eso. Ella se lo echa al hombro, pero aún no hace ningún movimiento para irse.

—¿Vas a estar en el pueblo mañana para el Plaza Live? —pregunta después de un momento de inquietud—. Los Flying Oysters tocan a las seis. Generalmente hacen *covers*, pero son bastante buenos.

—Claro —le digo, a pesar de que no tenía intención de asistir a ningún Plaza Live nunca, aunque parece que soy incapaz de negarle a Sadie cualquier cosa que me pida. Mi manada se reirá de mí si se entera, pero no hay forma de que me pierda la oportunidad de volver a ver a Sadie. No porque vaya a intentar algo con ella. Solo para asegurarme de que esté a salvo de ese idiota—. Estaré allí.

—Vale. Buenas noches, Deke. —Me mira con la cara inclinada.

No la toques. No la toques. Definitivamente no la beses.

No puedo evitar extender la mano, atrapar la parte posterior de su cuello y acercarla. Su aroma a vainilla me inunda, lo respiro como si acabara de salir de la cárcel, y esta fuese mi primera bocanada de aire fresco en una década.

Reúno un poco de control y solo llevo mis labios a su

frente, donde su cabello está revuelto y un poco húmedo por el casco. No me permito probar sus labios. Y no me bajo de la motocicleta. Si desmonto, no hay vuelta atrás.

Después de un momento, la dejo ir.

Retrocede con incertidumbre, sus bonitos labios se separan.

—Buenas noches, Sadie.

No me voy de inmediato. Espero hasta que haya entrado. Cuando desaparece, oigo el clic de la cerradura de la puerta; mi audición sobrenatural no me permitirá perderme ningún sonido. Pero no escucho que se aleje de la puerta, que siga adelante con su noche. La cortina blanca en la ventana tiembla un poco como si la hubiera movido a un lado. Me está mirando.

Vuelvo a poner en marcha la moto y me alejo. Todavía siento su piel sedosa en mis labios. A mi lobo no le gusta que me vaya. El instinto de conducir de vuelta a ella casi me ahoga.

Mi lobo quiere a Sadie. Quiere que la ponga debajo de mí esta noche. Quiere que la marque como mía. Quedarse con ella.

Sin embargo, no es posible. Él es jodidamente peligroso. Marcar a una humana ya es riesgoso en las mejores condiciones, ¿y para mi lobo? Él no conoce la moderación.

Así que me quedaré lejos de Sadie Díaz. Porque nunca ha habido una humana a la que necesitara proteger más.

* * *

Sadie

. . .

A pesar de haber bebido y del aire nocturno, no tengo sueño en absoluto después de que Deke me deja en casa. Pongo el muñeco junto a la puerta principal y me paseo por mi apartamento de una habitación organizándome para la mañana.

Estoy tan agitada y emocionada. Tan enloquecida.

Nunca he hecho nada tan imprudente en mi vida. *Soy* del tipo que confía demasiado en los desconocidos; mi padre y mis amigos me lo han dicho al menos cincuenta y siete veces. Pero no suelo andar por ahí solicitándole activamente favores a hombres desconocidos ni participar en actividades cuestionables, como subirme a la parte trasera de una motocicleta con uno.

Pero mis instintos me dijeron que podía confiar en él.

¡Y tenían razón! Estuve perfectamente a salvo todo el tiempo. Usé casco, me llevó directamente a casa cuando se lo pedí y ni siquiera intentó nada conmigo; un hecho por el que me encuentro un poco decepcionada. No fue el mujeriego del que Charlie me advirtió. ¡Solo me besó en la frente! Tal vez no le interese, y está bien. Todavía amo cada segundo.

Tal vez sea una adicta a la adrenalina, ahora que me he entusiasmado con mi comportamiento salvaje. Tengo que decir que se sintió de maravillas fingir que podría salir con un tipo como Deke. Enorme, motero, militar. Desaté un poco la imprudencia esta noche. Me sentí rebelde y divertida. A cargo de mi propio destino por primera vez en... No sé cuánto tiempo. Tal vez desde que mi mamá se fue.

Me vuelvo a tumbar en la cama y una bocanada de risa sale de mis labios.

Cuando mi teléfono suena con un mensaje, lo agarro. La retorcida y enfermiza anticipación de encontrar otro mensaje de Scott se reemplaza por la ira. Este tipo tiene que dejarme en paz.

Efectivamente, es Scott.

Sadie, estoy realmente preocupado por ti. Ese tipo con el que estabas esta noche es un problema.

En lugar de ignorar el mensaje como suelo hacer, esta vez le respondo.

No me escribas más. No quiero volver a saber de ti nunca. Se acabó.

Lo dije. Siento que se lo dije antes, pero en el modo de la dulce Sadie entonces. Ahora, no creo que pueda ser más clara. Resulta que defenderme me sienta bien.

Me pongo de lado y mis pensamientos vuelven a Deke. Por supuesto, realmente no saldría con alguien como él. Además no se interesaría en alguien como yo tampoco. Dudo que tengamos algo en común.

Aún así, el recuerdo de su gran mano ahuecándose en mi nuca o la forma en que me enjauló contra el edificio del callejón, —no como si me acosara, más bien como si me protegiera— revolotea por mi mente y me provoca que mariposas revoloteen en mi vientre.

¿Cómo sería pasar las manos sobre ese cuerpo esculpido? ¿Sentir el poder de su colosal figura sobre la mía? ¿O debajo de mí?

Deslizo los dedos entre mis piernas y gimo levemente cuando hacen contacto. Finjo que son los gigantes dedos de Deke. ¿Cómo me tocaría? ¿Sería rudo? ¿O gentil? De alguna manera estoy segura de que sería gentil. Un tipo grande como él se moderaría con una mujer. Apuesto a que sabría exactamente cómo tocarme, que no me criticaría como solía hacerlo Scott.

Uf. No quiero pensar en Scott nunca más.

Tal vez Deke sea lo que necesito para seguir adelante, pero estoy segura de que no busca novia. Especialmente una como yo. No funcinaríamos de todos modos, quiero decir, mi papá nunca aceptaría a un tipo como él para mí.

Pero tal vez podríamos conectarnos. Una aventura salvaje para ayudarme a volver a la escena de las citas.

Me doy la vuelta sobre mi vientre, mis dedos siguen trabajando entre mis piernas. La idea me tiene caliente y molesta. Muerdo la almohada y muevo las caderas sobre la mano.

Ni siquiera me avergüenzo cuando grito "¡Deke!" en las sábanas y me corro.

Capítulo Tres

Sadie

La noche siguiente, voy a la plaza temprano, antes de que la banda musical haya comenzado. Me planto en una de las mesas, donde dejo la bandeja cubierta de film plástico con las galletas dulces en forma de motocicleta que horneé para Deke como agradecimiento. Estoy demasiado nerviosa para sentarme. Permanezco de pie junto a la silla, cambiando de un pie a otro, con la falda vaporosa arremolinándose en mis piernas. Hoy me vestí con un vestido de algodón amarillo y elegantes botines de gamuza. Como siempre, traje mi cárdigan blanco por si acaso refresca, pero con el profundo escote en pico del vestido y el dobladillo coqueto, mi atuendo es arriesgado para "maestra elegante de jardín". Especialmente porque llevo los grandes pendientes que me dio Tabitha, que sugieren "Soy sexy y lo sé".

La banda se prepara conectando instrumentos, probando los amplificadores. Uno de los guitarristas rasguea su bajo eléctrico y el amplificador repica ruidos molestos. Algunos bulliciosos turistas en el patio del restaurante gritan, pero el público alrededor del pequeño escenario y en el césped comienza a aumentar. La gente tiende las mantas y abre envases de comida.

Deke aún no vino por aquí pero no pensé que llegaría temprano. Honestamente, no sé si aparecerá. Seguramente tenga cosas más importantes que hacer que pasar el rato en la plaza conmigo. Busqué Black Wolf Security en Internet, pero no hay casi nada de información al respecto. El sitio web es una página negra con el logotipo de un lobo y nada más. Apuesto a que Deke lo hizo. Es propio de él.

La licencia comercial se registra en un apartado postal de Taos, lo cual me tienta a pedirle a Charlie que lo investigue, pero entonces ella lo sabría, y por ahora, quiero mantener a Deke como mi secreto. No es que hayamos hecho nada malo.

Desgraciadamente.

Todavía.

Cuando la música finalmente comienza, tomo asiento y reviso mi teléfono. Scott me envió otros mensajes hoy, pero solo dos veces. *¿Estás viendo de verdad a ese tipo?*, preguntó alrededor del mediodía y esperé hasta el recreo para responderle con una sola palabra. *Sí.* Técnicamente estoy viendo a Deke. Con suerte, se presentará para la ver a la banda como dijo.

La respuesta de Scott me revolvió el estómago. *¿Qué diría tu padre?*

Siempre supo cómo clavarme un cuchillo.

Guardo el teléfono. Al diablo. Al diablo ambos. No quiero pensar en lo que diría mi padre. Papá aprueba a Scott, sin duda. Cada vez que salíamos a cenar juntos, siempre en los mejores restaurantes de Taos, los dos acaparaban la conversación hablando de mí. Siempre sospeché que Scott salía conmigo porque mi padre está en el consejo del pueblo y tiene buenos contactos. No pensé que fuera la razón principal, pero mirando hacia atrás, ahora no estoy tan segura. Scott nunca pareció satisfecho saliendo conmigo. El hecho de que me traicionara lo demostró.

¿Es Deke el tipo de persona que traiciona? Es tan atractivo con esos niveles épicos de masculinidad. No puedo imaginarle conociendo a una mujer heterosexual que no se desmayara por él y se quitara las bragas en homenaje.

Pero la forma en que me miraba, la intensidad en sus ojos... Me hizo sentir como la única mujer del mundo.

Probablemente me equivoque. Deke quizás sea un don juan. Aun así estoy dispuesta a ser otra muesca en el poste de su cama. Ese paseo en moto ha sido lo más emocionante que me ha ocurrido en mucho tiempo. Tal vez nunca.

No, no ocurrió simplemente.

Fui yo quien lo hizo realidad. Creo que esa es la mitad de la emoción. La otra mitad es definitivamente el motero extremadamente en forma.

En el escenario, la banda empieza con los acordes cuando el sol se va poniendo y hay una buena multitud para un jueves por la noche.

—¿Este asiento está ocupado? —me pregunta una mujer con los dedos ya curvados en el respaldo, lista para llevárselo. Tiene uñas largas de color rosa, vaqueros ajustados y una camiseta negra corta. ¿Por qué no me puse un atuendo así? Se parece más a una motera que yo.

—Sí, está ocupado —le digo, los celos me ponen la voz aguda. Ella pone los ojos en blanco sacudiendo la cabeza mientras se pavonea. Casi puedo escuchar sus pensamientos sobre mí, pero no me importa. Es bueno no ser amable todo el tiempo.

"Él aparecerá", me susurro a mí misma, sentada con las

piernas cruzadas a la altura del tobillo, las manos en mi regazo como una buena maestra de jardín.

Tengo el cabello atado hacia atrás con un lazo. Me levanto y tiro de la coleta sacudiendo la melena. Es entonces cuando lo presiento. Se me erizan los vellos de la nuca con el olor a aceite de moto y cuero.

Me doy vuelta escudriñando entre el público, no obstante al principio no veo a Deke, aunque sé que está aquí.

Entonces aparece, sale de entre las sombras y viene hacia mí en medio de un grupo de mujeres al acecho que se interpone en su camino. Se dan codazos unas a otras mirando a Deke con los ojos muy abiertos, pero él ni siquiera se inmuta mientras avanza directamente hacia mí con esa mirada tan intensa que me estremece. Me siento un poco como si me estuviera cazando.

—Nena. —Usa esa palabra para transmitir oraciones enteras. Solo tengo que descifrar qué significan.

Se acerca a mí. Para un tipo de su tamaño, se mueve con gracia, merodeando como una pantera. Lleva el mismo estilo de ropa que antes, vaqueros oscuros, una camiseta blanca que se adhiere a sus abdominales y grandes botas de motero.

Se me hace la boca agua.

Es tan guapo. Y le preparé galletas. ¿En qué estaba pensando?

—Deke. Viniste. —Me paro frente a la mesa, esperando que no vea la bandeja de galletas.

Por supuesto, la ve de inmediato.

—¿Qué son estas? —Se acerca a mí y toca el plástico cobertor.

—Um, solo una muestra de agradecimiento. Ya sabes, por lo de ayer.

—¿Me hiciste galletas?

—Sí.

—Nena —dice de nuevo y me mete un mechón de pelo detrás de la oreja—. Gracias. —No sonríe, pero su mirada oscura arde. De cerca, es abrumadoramente sexy. Mi entrepierna se aprieta y reprimo un gemido.

—No es nada. —Me doy la vuelta y jugueteo con la envoltura de plástico sobre la bandeja de galletas—. Te lo debía.

—¿Sí? —Ladea la cabeza, todavía totalmente concentrado en mí. Las jóvenes siguen mirándole boquiabiertas y él ni siquiera lo ha notado.

Trago saliva y me acerco para no tener que gritar por encima de la música.

—Por anoche. Eres mi héroe.

Su frente se frunce.

—No soy un héroe.

Quiero discutir pero me doy cuenta de que sonaría tonta. Obviamente me he tomado lo de anoche como un asunto más serio de lo que fue para él.

—Bueno, todavía te debo una. —Me armo de valor y le pongo una mano en el pecho.

Levanta una ceja oscura.

—¿Oh, sí? ¿Me debes? —Hay un ronroneo sugerente en su voz.

El calor se dispara en mi entrepierna.

—Si alguna vez necesitas que sea tu novia de mentira, avísame —le digo medio en broma. Como si no pudiera chasquear los dedos y conseguir que cualquier mujer hiciera lo que él quisiera.

—Nena. —Me lanza esa mirada intensa, tan ardiente que me podría quemar toda la ropa. Contrae los labios como si pensara que soy linda. Luego se inclina y susurra—:

Conmigo, no fingirías nada. —Su voz grave y rica tiene la promesa pura del sexo.

Me ruborizo. Se me pone la piel de gallina por todo el cuerpo.

La canción que la banda toca termina abruptamente; el público hace una ovación a medias. Deke se endereza y yo asimilo su expresión. Ahora se ve muy serio. Me doy vuelta y aplaudo la banda, pero puedo ver que Deke todavía se centra en mí.

—Gracias —grita al micrófono el guitarrista principal—. Somos Flying Oysters. La siguiente es para todos los tortolitos presentes.

Entonces comienzan a tocar "Unrevealed Desires" de Muse. Una de mis canciones favoritas. No es una canción de amor típica, aunque creo que es sexy.

Me relamo los labios y la mirada de Deke cae a mi boca.

—Me encanta esta canción —le digo. Él asiente lentamente. Le brillan los ojos de color verde en la escasa luz, parpadeantes como los de un gato. Me inclino hacia adelante para preguntarle al respecto cuando me coge de la mano y me aparta bruscamente de la mesa.

Le sigo sin chistar, con los nervios a flor de piel. Me arrastra detrás de él, lejos de la multitud, fuera de la plaza, al callejón colmado de sombras. Es oscuro y privado, y no tengo idea de lo que sucede, pero al igual que anoche, ninguna de mis alarmas de peligro se dispara, pues estoy relajada, contenta de estar con él.

—¿Qué estamos haciendo aquí?

Deke se da vuelta y su gran cuerpo me lleva hacia atrás hasta que me enjaula entre él y la pared.

—¿Deke? —pregunto de repente sin aliento.

—Voy a cobrarme ese favor. —Tiene la nariz lo bastante

cerca como para tocar la mía. Un zumbido comienza entre mis piernas.

Con un gruñido, me clava las caderas con las suyas. Apoya su antebrazo en la pared por encima de mi cabeza, sus enormes bíceps bloquean toda luz. Su mano derecha se posa en mi mejilla. Abro la boca y su rostro desciende.

Me besa allí mismo en el callejón. Mis dedos de los pies se enroscan en las botas. La pared a mi espalda está fría, pero el calor del cuerpo de Deke me calienta por dentro y por fuera.

Gime y echa la cabeza hacia atrás, manteniéndome inmovilizada, con los ojos brillando extrañamente en la oscuridad.

—Esto es lo que quiero: tu beso. Es todo lo que quiero. —Me vuelve a besar.

Me abalanzo sobre él, agarrando puñados de su suave camiseta como si pudiera atraerle a mi cuerpo. Inclina la cabeza y su lengua se desliza en mi boca. Gimo.

Aparta su boca de la mía y retrocede con el pecho agitado. Siento un dolor líquido en la entrepierna. Me apoyo en la pared de adobe, jadeando, porque estuve a segundos de tener un orgasmo cuando me ha follado la boca con su lengua.

—Deke —susurro.

—Sadie. —Me toca el labio con un dedo. Cuando deja caer su mano, me doy cuenta de que está temblando.

Se aleja, medio girándose.

—Lo siento —dice con voz ronca y grave—. No debería hacer esto.

—Sí, deberías —suelto—. Deberías hacerlo. —Me levantaría la falda para él aquí mismo en el callejón.

—Joder. —Se pasa una mano por el pelo, a punto de decirme algo más, cuando el rugido de una moto corta el aire—. ¡Joder! —grita Deke, y se aparta en el instante en que un hombre con una moto aparece en la boca del callejón. El gran cuerpo de Deke me bloquea la mayor parte de la vista. No sé qué sucede.

El otro gran motero lleva uno de esos cascos tipo gorra que no cubren la cara ni ofrecen ninguna protección real. Su cara me parece familiar, como si fuera uno de los moteros que estaban con Deke ayer, pero no puedo aseverarlo. Tiene el pelo rubio y los ojos también brillan en la oscuridad, como los de Deke.

—Pensé que te encontraría aquí —le dice a Deke.

—¿Qué coño quieres? —Deke gruñe.

—Rafe quiere verte.

Deke suelta palabrotas un poco más.

—¿Qué pasa? —pregunto, y Deke se gira para mirarme. Tiene los hombros tensos y de alguna manera se ve más robusto que antes.

—No debería haber hecho esto —me dice; el corazón se me desploma a los pies.

—¿Qué? —susurro.

—Sadie. —Su tono es suplicante—. Lo siento. Debería haberme mantenido lejos de ti.

¿Qué diablos?

—Deke —dice su amigo, y Deke se retuerce hacia atrás como si estuviera siendo tirado con una cuerda. Tiene en la cara una expresión de dolor que no me gusta.

—Disculpa. —digo saliendo del callejón. El cárdigan me ha quedado torcido, tengo el cabello despeinado por el loco festival de besos, pero no me importa—. ¿Qué pasa? —Le pongo mi voz severa de docente al motero rubio.

El tipo sonríe.

—¿Ella es a quien has estado husmeando? —le dice a Deke. —Es guapa para una civil. Me gusta.

Me estalla la cabeza.

—¿Perdón? —gruño. El sonido es tan impresionante como el de Deke, si lo digo yo misma—. ¿Quién diablos eres?

El rubio sonríe más ampliamente.

—Sadie —Deke se interpone entre el motero y yo—. Tengo que irme.

—¿Por qué?

Se encoge de hombros pero parece triste.

—Se supone que no debemos relacionarnos con civiles. Pero llámame si necesitas ayuda. En cualquier momento.

—Deke —advierte su amigo, pero de momento Deke le ignora.

—Prométemelo —me dice Deke en voz baja.

—Lo prometo —le susurro. Antes de que pueda dar un paso adelante y abrazarle, se da la vuelta y se aleja a grandes zancadas. Su amigo permanece en su moto, impidiéndome seguirle. Le fulmino con la mirada aunque no parece molestarle. Al cabo de un minuto, me da un breve saludo simulado y se marcha.

Me quedo de pie en la boca fría del callejón oscuro mirando la carretera vacía.

¿Qué diablos acaba de pasar?

* * *

Deke

Conduzco con Lance hasta que llegamos a la carretera de montaña que nos lleva a las tierras de la manada. Luego cruzo la entrada con mi potente moto. No voy a seguirle como un cachorrito perdido.

Sé que mi alfa envió a Lance para vigilarme. Hasta me parece bien. No tengo nada que hacer con una civil, especialmente una como Sadie, tan fuera de mi alcance en todos los sentidos. Pensarlo me da ganas de aullar.

Mi moto acelera en las curvas. Tomo cada una cada vez más rápido, imaginándome a Sadie apretada a mi espalda. Mi polla se anima y aprieto los dientes.

Me salgo de la carretera hacia un mirador. Aquí, las luces de la ciudad reflejan la alfombra de estrellas. Me gustaría mostrárselas a Sadie.

La tranquilidad se ve interrumpida por una motocicleta que pasa a toda velocidad. Me pongo rígido y luego me quito el chaleco. Me quito las botas y los pantalones vaqueros. Me quedo con mi camiseta blanca y me pongo detrás de la moto para ocultar mi desnudez.

La motocicleta vuelve rugiendo por la carretera. Disminuye la velocidad cuando llega al mirador y se detiene a unos metros de distancia. El motero se quita el casco.

Es Channing. Sabía que era él. Es el único de nosotros que monta una moto verde neón y no una verdadera, su moto es un estúpido cohete de entrepierna.

—Deke, ¿qué haces? Sabes que no puedes acercarte demasiado a un humano...

No le doy ninguna advertencia. Salto en el aire y dejo que mi lobo se libere. La camiseta se hace trizas, rompiéndose dolorosamente en mis extremidades. Pero siempre fui rápido para transformarme.

Para cuando Channing sabe lo que sucede, he saltado por encima de mi moto. Se baja de la suya un segundo antes de que cien kilos de lobo negro le golpeen en el pecho. Ambos caemos: él, su cohete, y yo sobre él. Me golpea con sus manos que se convirtieron en enormes patas, pero yo salto y me alejo.

—¡Joder! —grita—. Hijo de puta. —Se levanta luchando por liberarse de su ropa. Ve su moto tumbada de lado, la pintura brillante arañando la carretera, y se vuelve aún más ciego de rabia—. Vas a pagar por esto. —Sus garras rasgan su ropa. El cabrón va a tener que volver a casa desnudo. Me arrancará el pellejo. Tuve el factor sorpresa a mi favor, pero una vez que está en forma de lobo, estamos bastante iguala-dos. Cuando se irrita, como ahora, puede destrozarme.

Bien.

Un gruñido divide el aire, y un lobo gigante blanco y marrón me acecha con las patas rígidas. Channing, el lobo, baja su vientre casi hasta el suelo, con las orejas hacia atrás y los dientes descubiertos, listo para saltar.

Sonrío como un maníaco y me preparo, esperando el dolor.

* * *

Sadie

Cuando regreso a mi apartamento, dejo la bandeja de galletas intacta sobre la mesa y reviso el teléfono. Tengo llamadas perdidas de Adele, Charlie y Tabitha. Suspiro y llamo a Adele.

—¡Sadie! —contesta al primer timbrazo—. Gracias a Dios. ¿Estás en tu casa?

—Sí. —Tiro las llaves sobre la encimera—. ¿Está todo bien?

—Vamos para allá. Llegamos en quince. —Cuelga.

Bueno, vaya. Me apresuro a poner algunos platos sucios en el fregadero y limpiar unas manchas de café de la enci-mera. Luego abro una botella de vino tinto, una que Adele me compró. Después de esta noche, necesito una copa de vino.

¿Quién era ese tipo de la motocicleta? Era uno de los amigos de Deke, pero no actuaba como tal. Cortó de cuajo el arrebato de Deke. Y el mío.

¿Cuál será el equivalente femenino al bloqueo de pollas? ¿Sequía? Le preguntaré a Tabitha, ella lo sabrá. Cualquiera que sea el equivalente femenino al bloqueo de pollas, ese tipo que Deke conocía lo logró.

¿Realmente quería tener sexo con Deke contra una pared de un callejón oscuro?

Sí, mis ovarios gritan. *¡Sí, queremos a sus hoscos bebés moteros!*

Mis ovarios nunca fueron tan explícitos cuando Scott andaba cerca, y Scott, por apariencia, habría sido un padre mucho más respetable para mis hijos. Es todo tan extraño. Nunca hubiera dicho que el motero de aspecto rudo fuera mi tipo. Nunca en un millón de años.

Sirvo vino en una copa y bebo un trago.

Adele llama a la puerta y cuando la abro, me doy cuenta de a quiénes se refería hablando en plural. Adele entra seguida por Tabitha y Charlie.

—Oh, hola a todas —les digo—. Tengo vino.

—Trajimos extra —dice Adele. Tanto Charlie como Tabitha levantan las botellas que sostienen. Adele se dirige directamente a mi pequeña cocina sintiéndose como en casa, coge tres copas más y sirve vino para todas. Dejo que se haga cargo; Adele es chef, así que mi cocina está en buenas manos, y me dirijo a mi acogedora sala de estar.

—¿Estás bien? —Tabitha me sigue, y ambas nos acomodamos en el sofá.

—Por supuesto —respondo sin compromiso, aunque mi

voz es notablemente apagada. Ni siquiera les he preguntado por qué dejaron todo para venir. Creo que ya lo sé.

Charlie se deja caer en su asiento habitual, un puf que guardo junto a la chimenea. Tanto ella como Tabitha me miran expectantes. Sabía que se darían cuenta de que algo estaba pasando conmigo y Deke. Era solo cuestión de tiempo. Es un pueblo chico, y la palabra viaja a la velocidad del rayo. Si alguien nos vio en el callejón esta noche, la noticia volvería a mis amigas inmediatamente.

En lugar de preguntar quién vio qué, me dirijo a Tabitha.

—¿Cuál es el equivalente femenino del bloqueo de pollas?

—*Sequía* —responde Tabitha de inmediato. Sabía que ella lo sabría.

—Prefiero *mala racha* —dice Charlie.

—Eso no tiene ningún sentido —replica Tabitha.

—*Bloqueo de coño* —ofrece Charlie, y ella y Tabitha comienzan a discutir sobre metáforas que involucran vaginas insatisfechas.

—Vale, ya basta —Adele entra en la sala de estar. No se sienta, sino que se queda de espaldas a la chimenea de kiva, sosteniendo su copa de vino, mirándonos imperiosamente a todas antes de que su enfoque se agudice en mí—. Sadie, ¿tienes algo que compartir con la clase?

Suspiro.

—¿Quién me vio?

—Yo te vi —Tabitha levanta la mano tímidamente—. Y me preocupé, así que se lo dije a todas.

—¿Qué viste exactamente?

—A ti con el gran motero malo de la plaza esta noche —dice Tabitha—. Iba a acercarme, pero cuando terminé de

57

enviarle mensajes a todas, levanté la vista y habías desaparecido.

Adele me estudia la cara, preocupada,

—Sabes que bromeábamos acerca de que te enrollaras con un motero, ¿verdad?

Me encojo de hombros.

—No sé, pensé que la idea tenía sus méritos.

Mis tres amigas me miran asombradas.

—En realidad es bastante dulce —digo.

—¿Dulce? —Charlie repite dudosamente.

Me apresuro a explicar.

—Anoche, Scott trató de emboscarme, así que le pedí a Deke que me ayudara y fingiera ser mi cita. Y lo hizo. Es realmente agradable.

—Espera. Retrocede —dice Adele—. ¿Scott intentó emboscarte?

—Sí. Parece que instaló una aplicación de rastreo en mi teléfono, así que sabía que estaba en la plaza. Y luego supo que cogería un coche compartido para volver a casa, porque era miércoles de lamentos, entonces se me apareció en la parada del coche, para que pudiéramos hablar.

—Dios mío. Ha pasado de delirante a acosador en toda regla —dice Adele.

—Le mataré —murmura Tabitha.

—Te ayudaré —dice Charlie.

—Pero todo está bien. Deke me ayudó y Scott se echó atrás.

—¿Cómo te ayudó Deke? ¿Amenazó a Scott?

—En realidad no. —Pienso en esos deliciosos momentos en los que tuve al gran motero a mi lado, silencioso y fuerte. El mejor tipo de apoyo—. Me respaldó mientras le dejaba las cosas claras a Scott. Luego le reafirmó lo que dije, me invitó a irnos en su moto y nos fuimos juntos. —No puedo evitar que una tonta sonrisa se me dibuje en el rostro. Es la única locura que he hecho en toda mi vida y estoy muy orgullosa de ello.

—¡¿Hiciste qué?! —Mis amigas explotan al unísono.

—No puedo creer que te hayas ido con él —jadea Tabitha.

—¿Le avisaste a alguien dónde estabas? —Adele pregunta—. ¿Tomaste una foto de su matrícula? ¿Algo?

—¿Te subiste a su moto? ¡Es genial! —Charlie dice.

—No, no es genial —Tabitha le frunce el ceño a Charlie —. Se subió a la moto de un desconocido. ¡Podría haberla llevado al medio de la nada y nunca volveríamos a saber de Sadie!

—Sí, pero consiguió andar en esa increíble moto primero —señala Charlie con la lengua firmemente en la mejilla y luego se agacha cuando Tabitha imita arrojarle una almohada a la cabeza.

—Cálmate. No pasó nada malo. —Adele levanta las manos en un esfuerzo por mantener la paz—. ¿Correcto, Sadie?

—Yo estuve bien. Fue un perfecto caballero. —Me ruborizo recordando ese viaje. Mi cuerpo apretado contra el cuerpo gigante de Deke, la moto retumbando entre mis piernas—. Sé que no es algo que normalmente haría, pero me sentí totalmente a salvo con él —agrego suavemente.

Mis amigas se quedan calladas, procesando esto.

—Entonces, ¿qué pasó esta noche? —Tabitha pregunta.

Me encojo de hombros.

—Le invité a encontrarnos. Le hice galletas como agradecimiento. Y...

—¿Y? —Adele y las otras dos se inclinan más cerca.

—Y... Me llevó al callejón y me besó.

Otra explosión.

—Lo sabía. —Tabitha golpea la almohada que sostiene.

—¡Qué bonito! —Charlie se hunde de nuevo en el puf —. ¿Fue bueno?

—Mírala cómo se sonroja. Por supuesto, fue bueno — dice Tabitha.

Adele agarra su copa de vino y toma un largo sorbo, mirándome por encima del borde.

—¿Usaste protección? —Tabitha bromea, moviendo un dedo hacia mí.

Mis mejillas son un infierno.

—No llegó tan lejos.

—¿Pero lo hubiera hecho? —Los ojos de Charlie se abren de par en par.

—Fue un beso muy, muy bueno. —Cruzo las manos en el regazo, con mi mejor impresión de maestra—. Eso es todo lo que voy a decir.

—¿Estás bien? —Adele pregunta. Sus ojos verdes me sondean.

—Estoy bien. Después del beso, tuvo que irse.

—Apuesto veinte dólares a que Scott se enterará y aparecerá otra vez en la escuela de Sadie con flores — anuncia Charlie a la sala.

—Eso es tan grosero. No deberíamos apostar por la vida amorosa de Sadie —Tabitha sacude la cabeza hacia Charlie —. Pero tomaré esa apuesta.

Charlie solo sonríe.

—Lo que quiero saber es si lo vas a volver a ver —dice Adele.

Mis sentimientos de vértigo desaparecen.

—No lo sé. Se fue bastante abruptamente. Uno de sus amigos se acercó y dijo que tenía que irse. Fue un poco raro.

—¿Ese fue el bloqueo de coño? —Tabitha pregunta.

Asiento.

—Sadie, tal vez sea lo mejor. —Adele no hace contacto visual conmigo, concentrada en su copa de vino, moviéndola suavemente para que el líquido granate se arremoline.

—¿Qué quieres decir con eso? —Tabitha pregunta.

Adele se muerde el labio y luego dice:

—Investigué un poco. Esos tipos son militares, como los de operaciones especiales. Misiones de alto secreto y todo eso. Probablemente asesinos estadounidenses.

—¿Qué rama de las fuerzas armadas? —Charlie pregunta.

—Ejército. Fuerzas especiales. Fueron dados de baja con honores el año pasado.

Ladeo la cabeza hacia un lado.

—¿Cómo sabes tanto?

Adele levanta un hombro delgado en medio del encogimiento de hombros. Ella todavía no me mira.

—Adele trabaja de maneras misteriosas —dice Tabitha en el incómodo silencio.

—Bueno, ahora son como una banda de moteros o algo así —ofrece Charlie—. Compraron una antigua estación de esquí en el valle y la usan como base de operaciones.

—Se dice club de moteros, no banda —corrige Adele.

—Así que están en un club. —Tabitha estira sus largas piernas, encorvándose más en mi sofá—. ¿Y qué? No es un delito.

—Hay más que eso —suspira Adele—. Deke tiene antecedentes por asalto y agresión. En un bar le dio una paliza a un tipo. Le mandó al hospital. La policía investigó, pero el tipo no presentó cargos.

Hay un silencio mientras todas asimilamos el comentario.

—Ya veo —le digo—. ¿Es por eso que organizasteis esta pequeña intervención?

—Ella nos llamó y nos dijo que te habían visto con el motero. No podíamos mantenernos al margen —agrega Tabitha.

—Nos preocupamos por ti, Sadie —dice Charlie.

No puedo quedarme sentada.

—Deke no es así. —Voy a la cocina, agarro mi cárdigan, me lo echo encima y me froto los brazos como si tuviera frío —. No me haría daño. —Lo pienso bien—. Si lo del bar sucedió, probablemente fue por proteger a una mujer. Es esa clase de persona.

Me miran desde la sala de estar. No dicen nada, pero puedo escuchar la pregunta tácita. *¿Cómo lo sabes?*

¿Cómo lo sé? Es solo un presentimiento. Pero no soy buena juzgando a la gente. Estuve con Scott, después de todo.

—No estoy diciendo que no sea una mala persona. —Me doy cuenta de que estoy caminando y me detengo—. No le conozco tan bien, pero me siento segura con él. —Me paso una mano por el cabello todavía enredado. Aún puedo sentir sus grandes manos sobre mí, su aliento en mi cara. Revivo el beso y la excitación brota de mi vientre y florece entre mis piernas.

—No dije eso —duda Adele, su equilibrio normal se rompe mientras elige sus palabras. Se ve realmente preocupada—. Solo creo que debes tener cuidado. No queremos que te haga daño.

Es ridículo. Primero, el amigo motero de Deke y ahora mis amigas. ¿Están equivocados mis instintos sobre él?

Lo siento. Me dijo Deke. *Debería haberme mantenido alejado.* ¿Es realmente tan peligroso?

—Bueno, no os preocupéis por mí —les digo con una risa falsa—. Dudo que alguna vez vuelva a ver a Deke.

—Lo siento —dice Tabitha, tenue—. Parece que podría ser lo mejor.

* * *

Deke

Después de la pelea, los pantalones de lobo de Channing quedan al costado de la carretera, la sangre le mancha el pelaje en parches rojos sobre blanco. Con un gruñido ahogado, se escabulle en la maleza para lamerse las heridas y volver a transformarse.

La rabia dentro de mí todavía arde. Mi lobo camina con las patas rígidas de regreso a la moto. Trozos de tela blanca se esparcen por el suelo. Mi camiseta. En la que Sadie metió las manos cuando la besé. La tela todavía tiene su aroma.

Apunto el hocico a la luna y aúllo.

Después de volver a mi forma humana, conduzco durante una hora, subiendo y bajando la montaña de Taos, hasta que se me agarrotan las manos en el manillar. Entonces doy la media vuelta y me dirijo a casa por la oscura carretera.

La manada compró un refugio de montaña hace algún tiempo porque siempre supimos que tendríamos que retirarnos en algún lugar apartado, donde pudiéramos correr libres, como lobos. El año pasado, Rafe decidió que era hora de dejar el servicio militar. No era que nuestras misiones se estuvieran volviendo más difíciles y peligrosas, aunque lo eran. Éramos una unidad, un regimiento secreto de cambiantes, unidos bajo un coronel que sabía de nuestra condición. Cuando estábamos en una misión, teníamos éxito. Volábamos al amparo de la noche y nuestros súper sentidos nos facilitaban ver cuándo los humanos no podían. Ejecutábamos las más oscuras de las operaciones y disfrutábamos cada momento. Lo disfrutábamos demasiado.

Rafe entendía que íbamos perdiendo nuestra humanidad. Especialmente yo. Decidió que nuestros lobos requerían más espacio y libertad para la seguridad de todos los que nos rodeaban. El coronel estuvo de acuerdo y tuvo sus razones para querernos como contratistas privados. Organizó una baja con honores con buenos paquetes de jubilación y luego nos contrató para el mismo tipo de misiones que habíamos ejecutado antes, solo que ahora el gobierno podía afirmar que no sabía de nosotros si las cosas salían mal. Un privilegio por el que estuvieron dispuestos a pagar generosamente.

Pero para mí y mi lobo, ya era demasiado tarde. A mi lobo le encanta la emoción de la matanza, siempre la disfrutará. Incluso ahora, un año después del retiro, mi lobo es salvaje. Rafe trató de salvarme, pero yo ya había ido demasiado lejos.

Conduzco mi moto directamente hasta el gigantesco hangar que usamos como garaje. Cuando apago el motor, el silencio me asalta los oídos. Prefiero el ruido y la vibración de la motocicleta porque el bullicio calma los demonios que llevo dentro de mí.

—Deke. —Mi alfa sale de detrás del Humvee. No me ha pillado, sentí su olor tan pronto como llegué.

—Alfa —le digo. Un gruñido tiñe mi voz sin que lo expresé. Mi lobo está exultante, listo para luchar. Como siempre.

—Hueles como esa humana —dice Rafe.

Gruño y recojo un paño limpio que cuelga de un gancho de la pared, junto al estante de herramientas. Lo deslizo sobre el asiento de cuero de la moto, fingiendo limpiar un poco de barro.

—¿Crees que no he olido el perfume de ella anoche? —Rafe sacude la nariz en el aire y olfatea—. Civil. Sadie Díaz. Maestra de jardín. Sus antepasados fueron los primeros colonos españoles de la zona. El padre está en el ayuntamiento. Scott Sears es su ex pareja.

Un gruñido retumba en mi pecho.

—La investigaste.

—Por supuesto que lo hice. No te he visto tan interesado en una humana antes.

—No es nada —miento. Lo cual es estúpido porque cualquier metamorfo puede decir cuándo alguien miente. Tiro el paño—. Quizás nunca la vuelva a ver. —Mi lobo gruñe de solo pensarlo.

—*No* la volverás a ver —dice mi alfa con firmeza.

A la mierda. Vuelvo a gruñir, esta vez en voz alta, y salgo del hangar.

—No puedes reclamarla, Deke —Rafe me persigue—. No sabes lo que hará tu lobo.

Tiene razón. El animal es un monstruo fuera de control. Para lo único que soy bueno es para matar. Y el día que vaya demasiado lejos, mi manada tendrá que sacrificarme.

No puedo volver a ver a Sadie.

Es lo mejor.

Capítulo Quatro

Sadie

Esta mañana, tengo los ojos arenosos, estoy exhausta. Si los niños o mis colegas notaran que mi sonrisa es un poco forzada, no dirán nada.

No lloré por Deke. Apenas le defendí ante mis amigas, que se fueron después de que les hice una promesa poco entusiasta de informarles si Scott hacía otro movimiento.

No me importa Scott; el gran motero y nuestro beso de supernova consume todos mis pensamientos. Apenas conozco a Deke, pero siento un vacío en el corazón como si ya se hubiera hecho un lugar para sí mismo y ahora se ha ido.

Llevo las galletas con forma de moto a mi salón de clases. Charlie robó dos anoche, pero todavía hay muchas.

Salimos al recreo cuando uno de mis alumnos tira de mi falda.

—Señorita Sadie, hay un hombre aquí para verla.

Efectivamente, veo a Scott con pantalones azul marino y una corbata, y un ramo de rosas rojas, cruzando el aparcamiento hacia nuestro patio de recreo cerrado. Se me tuercen los labios. ¿Rosas? Vaya cliché. Saco mi teléfono para enviarle un mensaje a Charlie diciéndole que ganó la apuesta.

Les indico a mis colegas que voy a ocuparme de este tema y voy hacia la puerta. Scott sonríe cuando me ve. Prácticamente puedo verle cambiar al modo "encantador". Su pelo ralo se agita con la brisa. Ninguna cantidad de producto de lujo puede ocultar el hecho de que eventualmente se quedará calvo. Es mezquino de mi parte esperarlo con impaciencia, pero si Scott se preocupara más por ser una persona decente que por su arreglo personal, tal vez sería tolerable estar cerca de él.

¿Por qué salí con él? ¿Realmente estaba tan desesperada por la aprobación de mi padre?

—Scott. —Me cruzo los brazos sobre el pecho—. ¿Qué haces aquí?

—Reunión del Consejo, aquí al lado. Pero sabía que te vería. —Me ofrece las flores. Levanto una ceja.

—No puedo aceptarlas. Ya no estamos juntos. —Maldita sea por ponerme en esta posición frente a mis alumnos.

La sonrisa se desvanece un poco de la cara de Scott.

—¿Por qué no? Sadie, nos iba bien juntos.

No puedo evitarlo. Me río a medias. Está tan lejos de la verdad que es gracioso. Increíble, nunca lo había considerado de esta manera antes.

La sonrisa de Scott ha desaparecido ahora y vislumbro algo más, algo feo.

—No estás actuando como tú, Sadie. Por lo general, no eres así.

—Tal vez así es como soy. Tal vez antes era demasiado amable. Merezco que respetes mis límites.

—¿Por ese motero? ¿Su influencia? ¿Realmente le estás viendo? —Sacude la cabeza—. Tu papá va a enloquecer.

Estoy a punto de responderle cuando un rugido de motocicletas irrumpe. Dos Harley Davidson llegan al aparcamiento vecino. Los enormes moteros conducen sus motos a un espacio de aparcamiento compartido, luego desmontan. La luz del sol brilla en sus gafas de aviador, visten vaqueros oscuros que se ciñen a sus poderosos muslos y chaquetas de cuero negro. Parece que acaban de salir del set de rodaje de la película de acción más ruda jamás filmada.

A medida que se acercan, los reconozco. Deke y otro de los tipos de la plaza de hace dos noches. Me ruborizo desde los dedos de los pies y el calor sube constantemente hasta mis mejillas. Los latidos del corazón me retumban en los oídos.

No soy la única que se fija en los moteros. La mitad de mi clase está pegada a la valla señalando las motocicletas.

—Tan genial —dice una niña—. Señorita Sadie, esas son motocicletas. Como las galletas que nos trajiste.

Una brisa se levanta y Deke me saluda con la cabeza. Le hago un pequeño gesto con la mano y me apoyo en la valla para compensar la repentina debilidad de mis rodillas. Deke inmediatamente altera su rumbo para desviarse de la entrada de la escuela hacia donde me encuentro. Después de un segundo de vacilación, también lo hace su compañero motero.

Deke llega primero, sus gafas de sol me apuntan directamente a mí.

—Sadie.

—Deke —le saludo con la voz un poco entrecortada. Tiene buen aspecto. Detrás de él, su amigo me mira con el ceño fruncido. No es el rubio de anoche, sino un tipo diferente que se aclara la garganta como si no quisiera que Deke olvidara que está allí.

Deke se hace a un lado y señala con la cabeza a su amigo.

—Este es Rafe.

—Hola, Rafe —le digo. Nos quedamos parados en círculo, yo de espaldas a la valla, Scott a mi izquierda, Deke justo delante de mí y su amigo a su izquierda. No es incómodo en absoluto.

Scott se aclara la garganta, molesto por haber sido excluido.

—Disculpen —dice con voz aguda y quejumbrosa, en comparación con el profundo estruendo que es la voz de Deke.

—Sears —dice Deke, con una breve mirada a las flores que Scott trajo.

—Adalwulf —Scott intenta enfrentarse a Deke, pero Deke se niega a mirarle.

—¿Qué hacen aquí? —pregunto tanto a Deke como a Rafe.

—Reunión del Consejo. El ayuntamiento nos ha contratado por un asunto de seguridad —responde Rafe. Deke solo me mira. No puedo verle los ojos detrás de las gafas, pero mis entrañas tiemblan como si me hubiese desnudado.

No, no me imaginaba esta intensidad entre nosotros. Y no está desapareciendo. Es cada vez más fuerte.

—¿Galletas? —pregunta Deke, levantando una ceja.

—¿Escuchaste eso? —Me ruborizo ahora.

—Regalaste las mías.

—Te fuiste sin tomarlas.

Esta vez, tanto Rafe como Scott se aclaran la garganta, y me doy cuenta de que Deke y yo conversamos como si solo estuviésemos nosotros dos.

—¿Así que ustedes proveen seguridad? —le pregunto a Rafe.

—Sí. Somos exmilitares.

—Rafe era mi sargento —dice Deke.

Una manito tira del borde de mi suéter.

—Señorita Sadie, ¿pueden venir la próxima semana? — Jenny, pregunta una de mis niñas.

Le sonrío a ella y a los niños que están reunidos en la valla.

—No sé, el Sr. Rafe y el Sr. Deke están muy ocupados. ¿Queréis que les pregunte?

Un coro de síes entusiastas se levanta de los niños. Algunos saltan.

—¿Qué hay la próxima semana? —Scott pregunta. Le ignoro y le digo a Rafe: Los martes tenemos un día de profesiones. Han venido del departamento de bomberos la semana pasada. ¿Podrían venir y hablar sobre su servicio?

La comisura de la boca de Rafe se retuerce como si le divirtiera, pero todo lo que dice es:

—Claro. Toma. —Me entrega una tarjeta blanca de negocios—. Mi correo electrónico y mi teléfono están ahí. Llama en cualquier momento y lo arreglaremos.

—Lo haré. —Asiento fríamente. Todavía sigo molesta por la regla de no relacionarse con civiles por la cual el amigo motero de Deke interrumpió nuestro momento anoche.

—Sadie —dice Scott, pero suena la campana.

—Tengo que irme. No puedo aceptar eso —le digo a Scott, agitando una mano por el ramo de rosas—. Uno de mis alumnos es alérgico. —Le doy la espalda y le sonrío a Deke—. Nos vemos la próxima semana. Rafe, encantada de conocerte.

Siento hormigueos en la nuca mientras me alejo. Me paro contra la pared junto a la puerta y los niños forman fila. Sé que Deke me mira y planto una gran sonrisa en mi cara. El destino nos reunió hoy, y si todo va bien, la próxima semana, podré volver a verle. Ya no puedo esperar.

* * *

Deke

—Tengo que admitirlo —dice Rafe mientras vemos a Sadie guiar a sus estudiantes de regreso a la escuela—. Tu pequeña humana tiene espíritu.

—No es mía —murmuro—. Por tus órdenes, según recuerdo. —Mi lobo aúlla ante la negación. No me molesto en darle a Sears una segunda mirada antes de dirigirme a la entrada de la escuela.

Rafe se pone a mi lado.

—En cuanto viste a Sears con ella, no pudiste llegar allí más rápido. ¿La está molestando?

—Sí. —No digo nada más, pero Rafe probablemente pueda escuchar mis dientes rechinar.

—No le diste un puñetazo en la cara. Una moderación bastante impresionante.

—Sí, debería ganar un premio. —Me froto una mano en la cara. Ver a Sears con Sadie me hizo querer meterle la cabeza en un maletero y cerrarle la puerta. Repetidamente. Y luego cargarla a ella en mi hombro y llevármela a mi casa, al estilo cavernícola, por protección.

Y por orgasmos. Quiero darle a Sadie Díaz todos los orgasmos. Suficiente placer para hacerla olvidar que ese tipo alguna vez estuvo en su vida.

—Realmente no iremos a su salón de clases, ¿verdad?

Rafe se encoge de hombros.

—¿Por qué no? Es servicio comunitario. Tenemos que devolverle algo a Taos.

—¿Crees que eso es inteligente?

Rafe se vuelve hacia mí. Él inclina la cabeza a su favor, se toma la pregunta en serio.

—¿Qué piensas, soldado? ¿Crees que tu lobo puede comportarse alrededor de un grupo de niños de cinco y seis años?

Trago saliva. Creo que puedo mantener a mi lobo a raya, pero no quiero prometer nada.

—Probablemente no debería arriesgarme.

—Objeción anotada. Pero si vamos, vendrás con nosotros. No dejaré que tu lobo se salga de la línea. Y creo que sería bueno para ti.

Asiento sorprendido.

Entonces mi alfa me apunta con un dedo a la cara.

—Pero mantente alejado de Sadie Díaz. Esa es una orden.

Mi lobo gruñe y lo sofoco antes de que el sonido pueda retumbar fuera de mi pecho.

—Sí, señor —le digo rígidamente.

—Es lo correcto, Deke. Las humanas no son para nosotros. —Me mira a los ojos antes de asentir y alejarse. Le sigo más despacio.

Las humanas no son para nosotros.

Podría discutir con él. Hay algunos lobos metamorfos que conocemos que se han apareado con humanas. No es que alguna vez los llamara y les preguntara cómo funciona. No importa, no en mi caso.

Soy demasiado salvaje para que se me confíe una hembra humana. Especialmente una tan gentil como Sadie.

* * *

Sadie

Tan pronto como llego a casa, saco la tarjeta de Rafe. *Black Wolf Security*. Detalla su nombre, Rafe Lightfoot. Hay dos números de teléfono, el de la oficina y el personal. Después de un segundo de vacilación, llamo a la oficina. La voz grabada de una mujer me invita a dejar un mensaje, así que dejo mi nombre, número y los detalles del día de las profesiones .

Un minuto después, mi teléfono vibra con un mensaje de texto.

—Soy Deke.

Agarro mi teléfono y lo estrecho en mi corazón. Esto es exactamente lo que esperaba que sucediera cuando dejé un mensaje en el teléfono de la oficina, en lugar de llamar a Rafe directamente. Sé que Deke me dio su número, pero después de la forma en que dejamos las cosas la última vez, no estaba segura de si quería saber de mí.

—¿Cómo obtuviste este número? —Escribo y envío antes de ponerme nerviosa y borrarlo.

No contesta.

—Es broma. Me alegro de que me hayas enviado un mensaje —escribo rápidamente.

Todavía no hay respuesta.

Y entonces suena mi teléfono. Lo busco a tientas y casi se me cae antes de responder.

—¿Hola? —Tengo la voz entrecortada como si acabara de correr un maratón y subir un tramo de escaleras. Que es exactamente lo que le diré a Deke si me pregunta por qué estoy sin aliento, que acabo de regresar de una carrera.

—Nena —dice en voz baja y profunda, y la siento en la boca del estómago.

—Hola —digo con una sonrisa en la voz y me derrumbo lentamente en mi cama—. Entendiste mi mensaje. —Estoy demasiado emocionada para burlarme de él al respecto.

—Resultó que estaba en la oficina.

—Esperaba que lo entendieras.

Hace un sonido retumbante bajo. ¿Una risita? No puedo decirlo. Me muerdo el labio antes de soltar que lo he seleccionado para mi aventura. No quiero ocultar mis sentimientos.

—Pensé que buscabas a Rafe por el día de las profesiones, no a mí —reprende suavemente.

—Sí. Pero tal vez quería que tuvieras mi número. —Se me estrujan las entrañas con mi audacia. Yo no soy así. Es como si fuera más valiente con Deke. O mis sentimientos son demasiado fuertes para contenerlos.

Después de una pausa, dice con voz más áspera:

—Ya tengo tu número. De la noche que te llevé a tu casa.

—Oh, claro, eres uno de esos tipos que pueden resolver todo. —Es mi turno de reprender—. ¿Por qué no me llamaste?

—No me diste tu número directamente. Y ya tienes un acosador.

—No eres un acosador —le digo rápidamente. No me gusta el tinte oscuro, casi doloroso de su voz—. Pero tengo la sensación de que a tus amigos moteros no les agrado.

—¿Qué? —Deke pregunta después de una pausa.

—Tus colegas. Amigos o banda o lo que sean. —No me atrevo a llamarlos *pandilla*. Parecen más unidos que los amigos, más como familia. Hermanos. Recuerdo lo que Charlie dijo acerca de que estuvieron juntos en el servicio militar.

—¿Por qué crees que no les gustas?

Entrecierro los ojos mirando mi ventilador de techo, pensando en las dos últimas reuniones con los amigos de Deke. Un caso de *flirtus interruptus*.

—Parece que tienen un problema conmigo.

—No es contigo con quien tienen un problema. —Deke se aclara la garganta—. Se supone que no debemos relacionarnos con civiles, es todo.

—¿Por qué no? Ya ni siquiera estás en el ejército, ¿verdad?

—Todavía tenemos un negocio peligroso. Ejecutamos muchas misiones. Las citas con mujeres no están permitidas.

—¿Qué tal encuentros casuales? —suelto.

Deke tose como si le hubiese hecho atragantarse.

Aprieto los muslos internos, intentando aliviar el pulso entre mis piernas.

—Digo. Por si quisieras cobrarte ese favor. —agrego.
Silencio.

Deke se queda callado tanto tiempo que me pregunto si todavía está allí.

—¿Deke?

—Sadie, no es una buena idea. —Su voz es ronca; me doy cuenta de que suena triste.

—¿Porque tienes antecedentes? —pregunto tan gentilmente como puedo.

Otra pausa.

—¿Cómo te enteraste de eso?

—Tengo mis fuentes. —Quiero bromear como si fuese una superespía, pero se me cierra la garganta.

—Sí. Soy peligroso.

—Ejecutabas operaciones especiales. Por supuesto, eres peligroso. Es un poco la descripción del trabajo. —Trato de sonar juguetona, pero se pone más distante. Lo estoy perdiendo. Apenas le conozco y ya me duele.

Trago saliva y siento que no puedo hablar.

—¿Puedo al menos llamarte? —pregunto.

—Sí, Sadie. Puedes llamarme.

Capítulo Cinco

Alpes Suizos, cuatro días después

Deke

El viento azota las rocas y abre un camino a través de nuestro campamento. La brisa helada corta mi delgada chaqueta. Si fuera humano, estaría temblando, pero mi sangre de metamorfo me mantiene caliente. La nieve cruje bajo mis botas mientras me dirijo a Sierra One, la posición de francotirador más alta de nuestra misión. Lance ya está allí echado sobre su vientre, mirando a través del visor telescópico de su rifle hacia el elegante chalet. Estamos en lo profundo de los Alpes suizos, muy por encima de nuestro objetivo.

Mi radio crepita y la voz de Rafe dice:

—Sierra One, aquí TOC. ¿Tienes ojos puestos en el objetivo?

—TOC, aquí Sierra One —respondo—. Todavía no hay movimiento. —Varios cientos de metros por debajo de nuestra posición de vigilancia, la mansión está iluminada como una vela, cada ventana emana un cálido resplandor.

Enclavada en la ladera de la montaña, rodeada de pinos cubiertos de nieve, parece parte de un decorado navideño. Uno de esos juguetes kitsch que las abuelas ponen durante las vacaciones, con montones de bolas de algodón para hacer nieve falsa. Excepto que este lugar es real. Doce mil metros cuadrados de viviendas de lujo, una de ella habitada por el traficante de armas del mercado negro más exitoso del mundo: Gabriel Dieter, un tipo que se gana la vida siendo pura maldad.

—¿Deberíamos acercarnos? —Lance me pregunta con voz baja, sus ojos todavía fijos en el objetivo.

—Será mejor que no. —La misión es solo de vigilancia. Acercarnos podría hacer que entráramos en combate cuando solo estamos aquí para observar.

Por supuesto, mi lobo odia eso. El solo hecho de estar en una misión me provoca lujuria. Mi lobo quiere derribar las montañas aullando, enfrentarse a la mansión secreta, guardias, perros, láseres, encontrar a Dieter y arrancarle la cabeza. Misión cumplida. Es por eso que a mi alfa le preocupe que no esté estable y cuerdo.

—Movimiento, al frente, a la izquierda. Cerca de la piscina —informa Lance.

Me llevo la radio a la boca.

—TOC, tenemos movimiento. Ojos en el objetivo. —Aviso los movimientos del sujeto. Gabriel Dieter se reunirá con un contingente de una fuerza terrorista desconocida. Estamos aquí para espiar la reunión, registrar los movimientos y conseguir cualquier evidencia que podamos de sus negocios ilegales de armas.

Pero primero parece que el hombre va a usar su elegante piscina al aire libre, cuando Dieter sale del invernadero de cristal. Es un hombre alto, en forma. Tiene la cabeza con pelo oscuro sin signos de canas. Por supuesto, cualquiera estaría en forma y tonificado si tuviera suficiente dinero para contratar a un ejército de cirujanos estéticos. Los negocios ilegales pagan bien..

—Deke —llama Lance, y me doy cuenta de que mi pecho retumba con un gruñido. Mi lobo quiere salir. Deslizo la mano en mi bolsillo y toco mi teléfono. Se ha convertido en un hábito que ha comenzado con la llamada de Sadie hace una semana. Ahora me manda mensajes cada dos días. Un emoji sonriente, una broma. "Feliz lunes" me escribió hace una hora, junto con una foto de un sol alegre, sonriente. "Espero que tengas una gran semana". Sacudo la cabeza ante su optimismo.

Leer sus mensajes me ayuda a enfocarme. Basta con deslizar un pulgar sobre la pantalla del teléfono para calmar instantáneamente a mi lobo.

Tengo que controlarme. ¿Qué pensaría Sadie de las cosas que mi lobo ha hecho? ¿De las que quiere hacer? Ese pensamiento me pone sobrio.

—Movimiento en la casa. Extremo derecho. Base de la torreta.

Agarro un par de prismáticos y miro el lado de la mansión al que se refiere Lance. Se abre una puerta y salen hombres vestidos de negro, cada uno armado con equipo táctico. Botas, rodilleras, cascos y máscaras de pasamontañas sobre sus rostros. Y armas gigantes.

—Joder. —Me giro y vuelvo a mirar a Gabriel Dieter. El magnate de los negocios ilegales está de pie junto a la piscina, el agua gotea de su musculoso pecho. Levanta una mano y me saluda con la mano.

—Bastardo. —Tiro los prismáticos en la bolsa—. Sabe que estamos aquí. Vámonos.

Lance ya está de pie. Lleva su rifle, yo nuestras bolsas. Giramos y corremos por el monte.

La radio crepita.

—¡Nos han visto! —grito.

Varios metros por debajo de nosotros, los hombres suben en filas coordinadas por las montañas hacia nosotros.

—Abortar misión. Id a un terreno elevado —ordena Rafe.

Los ladridos llenan el aire.

—Tienen perros —anuncia Lance lo obvio, acelerando el paso. Pisamos las rocas resbaladizas por el hielo, subiendo a la cima de la montaña. El aire es escaso; los pulmones me arden luchando por adaptarse. Las piernas me queman demandando más energía mientras mi cabeza se ilumina.

—Vamos, Deke —llama Lance—. Corre hacia la cima.

Me esfuerzo por escalar más deprisa. Los ladridos de los perros del guardia resuenan a nuestro alrededor; se están acercando. Espero que nuestro alfa haya planeado una salida sorpresa; de lo contrario, no sé cómo acabará esto.

Mis botas patinan y me detengo para pensar. Debería mantenerme firme, darle a Lance la oportunidad de escapar. Esta es la forma en que podría salir como un héroe. Nadie más que mis compañeros de manada llorarían mi muerte.

Y *Sadie*...

—Deke, ¿qué coño haces? —Lance se detiene unos cuantos metros más adelante. Detrás de nosotros, los gritos, los chasquidos de botas de la milicia y los ladridos de los perros se aproximan.

Pero hay otro sonido, este viene de más adelante. Un ruido de palas de helicóptero.

La cara de Lance se divide en una sonrisa.

—Hijo de puta —murmura—. Lo ha vuelto a hacer. —Ambos giramos y corremos hacia la montaña, dirigiéndonos a la cresta nevada cuando aparece la aeronave flotando en la cumbre.

—¡Escuché que necesitáis un paseo! —grita el piloto con el estruendo de las aspas del helicóptero.

Rafe saca la cabeza por un lado y tira una escalera.

—Por aquí.

Lance salta sobre la escalera y comienza a subir. Mientras la milicia que nos persigue grita, me agarro de la parte inferior de la escalera. En cualquier momento, comenzarán a dispararnos. Es un milagro que no hayan comenzado a hacerlo. Supongo que Deiter no pensó en preparar ningún cañón de largo alcance.

Unos instantes más tarde, Rafe y Channing me suben al helicóptero, y el piloto nos aleja del lugar.

—¿Qué diablos pasó? —Rafe pregunta.

—Tenía ojos puestos en nosotros —le digo—. Sabía que estábamos allí.

Rafe maldice.

—No puedo creer esto.

—¿Hay una fuga de nuestra parte? —Lance pregunta.

—Nadie sabía de esto, excepto el coronel Johnson y nuestro equipo. Deiter sabía que íbamos a estar allí. De alguna manera, lo sabía. —Puedo oír el rechinar de dientes de Rafe.

Rafe gruñe y saca su teléfono. Tan pronto como estemos dentro del alcance, informará al coronel Johnson: Misión Abortada. Fracasamos, pero viviremos para volver a intentarlo otro día.

Cuando volvemos a nuestro cuartel, levanto mi teléfono y me fijo si Sadie me ha enviado un mensaje. Ni siquiera tengo una foto de ella, solo su nombre y número, guardados en mi carpeta de contactos, pero solo ver su nombre me hace oler su dulzura de caramelo.

—Deke anda enviando mensajes a su novia —canturrea Lance.

Le muestro los dientes y él se ríe dándole un codazo a Channing.

—Te apuesto veinte dólares que dirá que la tendrá debajo de él en luna llena.

Sin pensar, me abalanzo. Se me nubla la visión de rabia, y lo siguiente que sé es que estoy encima de Lance. Está en el suelo y le doy puñetazos.

—¡Qué carajos! —grita Channing y me aborda, arrastrándome lejos de Lance. La cara bonita de Lance queda magullada, sangrando, pero el hijo de puta se ríe histéricamente. Empujo a Channing y me retiro a la esquina, tratando de controlar a mi lobo.

—Tranquilizaos —ordena Rafe como si fuéramos niños buscapleitos en un patio de recreo, en lugar de tres hombres lobo adultos tratando de matarse unos a otros.

—Bueno, no puedes decir que no fue divertido —me sonríe Lance, con los dientes rojos. Está tan loco como yo, simplemente lo esconde mejor.

—El avión ya casi está aquí. Lávate, para que podamos irnos —ordena Rafe.

—¿Alguna otra misión? —Channing le pregunta a Rafe.

—No. Las próximas semanas son tranquilas. Dos tareas de seguridad y algo de vigilancia. Oh, —Rafe lanza una mirada en dirección a mí— y visitaremos la clase de jardín de Sadie Díaz.

Mi corazón late cuando escucho su nombre. Mi lobo se agita de una manera nueva. Una forma mucho más juguetona.

Una vez en el avión, busco en mi bolsillo y encuentro el teléfono. Deslizo el pulgar por la superficie, tocándolo como un talismán.

Las secuelas de la batalla siempre han sido duras para mi lobo. Me han convertido en una máquina de matar, y me es difícil volver a la vida civil. La sed de sangre, la necesidad de batalla, zumba en mis venas.

Pero cuando estoy con Sadie, toda esa presión se aligera. Olvido que soy un asesino. Puedo recordar que mi lobo no es solo un arma, es una criatura salvaje, y hay más en la vida que luchar.

Capítulo Seis

Sadie

Llega el día de las profesiones y mis alumnos no han estado tan entusiastas desde que les traje el conejo de felpa. Los hago sentarse en círculo, les advierto que se comporten de la mejor manera posible, pero cuando llegan los cuatro imponentes soldados, el aula estalla de algarabía. Intento suavizar mis facciones, pero tampoco puedo dejar de sonreír, ya que mi corazón late desbocado. Como de costumbre, Rafe toma la iniciativa, saludándome y dirigiéndose a la clase con una voz cordial y profunda que tranquiliza a los niños más rápido de lo que yo podría hacerlo. Deke se queda en la parte de atrás, su espeso cabello negro lo hace un poco más alto que sus amigos. Tiene la expresión impertérrita y permanece callado. Ni una sola vez me mira, lo cual está bien. Necesito concentrarme.

Rafe presenta a su hermano, Lance, y reconozco al rubio del callejón. Me guiña un ojo y entrecierro la mirada hacia él. El cuarto y último miembro del grupo es Channing, quien saluda a la clase antes de cruzarse los brazos en el pecho, haciendo que sus bíceps salten aún más grandes. Nuestros cuatro visitantes se ven rudos vestidos con una mezcla de camuflaje y ropa civil. Deke lleva una camisa de camuflaje desabrochada con las mangas largas enrolladas. Debajo tiene su atuendo habitual de vaqueros negros y camiseta.

Aparto los ojos de él y vuelvo a mi trabajo.

—Este es el Sr. Rafe Lightfoot. Él y sus amigos están aquí para hablarnos del servicio en el Ejército. Pero primero, ¿podemos nombrar las cuatro ramas de las fuerzas armadas?

Los niños cantan la canción "Army, Navy, Airforce, Marines", en un coro obediente. Excepto por Jackson en la parte de atrás, que piensa que es divertido reemplazar "Marines" por "GI Joes". Los dos niños a su lado le informan de inmediato:

—Eso está mal. Son los marines. —Y tengo que resolver la inminente disputa antes de que se desmadre.

—El Ejército es el mejor —dice el pequeño Owen en la primera fila—. Mi papá lo dijo.

Rafe se agacha frente a Owen, frunciendo la mirada.

—¿Puedo contarte un secreto?

Owen asiente, con los ojos muy abiertos.

—Tu papá tiene razón. Pero es un secreto. No se lo digas a nadie. Porque entonces los miembros del servicio en la Fuerza Aérea, la Marina y los Marines estarán celosos, y todos querrán convertirse en soldados como nosotros. —Le guiña un ojo a Owen, quien se siente abrumado por el asombro y se levanta—. Cada rama de las fuerzas armadas es importante. Todos hacemos un equipo. El trabajo en equipo es lo importante.

Durante el resto de la charla de Rafe, me esfuerzo para evitar mirar a Deke. Pierdo la batalla, y cuando le miro, lleva sus gafas puestas. Lance nota mi atención y me guiña otro ojo. Pongo los ojos en blanco.

Rafe casi ha terminado y la clase se pone inquieta, lista para el recreo.

—¿Tenéis alguna pregunta para el Sr. Rafe y sus amigos? —pregunto.

Diez manos se alzan. Owen tiene ambas manos en alto cuando le llamo.

—¿Les disparaste a muchos hombres malos? —pregunta, y hay una oleada de sonido de la clase, entusiasmados con la perspectiva de saber más sobre la violencia.

—A veces —responde Rafe seriamente—. Pero solo si estábamos seguros de que eran malos, cuando habíamos hecho todo lo posible para mantener la paz.

—¿Tienes muchas armas? —Owen pregunta al mismo tiempo que Jackson grita desde atrás—. ¿Murieron de inmediato? ¿Había mucha sangre?

—Vale, ¡basta de preguntas! —trino—. Es hora del recreo. Todos decid, *gracias, Sr. Rafe.*

—Gracias, Sr. Rafe —canturrea la mitad de la clase. El resto quiere saber las respuestas a las preguntas de Jackon. No tenía idea de que estuviesen tan sedientos de sangre. Mi asistente viene a ayudar a los niños a ponerse sus abrigos para salir al recreo. Quedo atrapada en un remolino de niños vestidos de colores brillantes, pero me dirijo a Rafe tan pronto como escapo de la marea.

—Gracias otra vez —le digo.

—De nada. Grandes niños.

—Sois geniales con ellos. —Por el rabillo del ojo, veo a Owen acercándose a Deke. El gran soldado se arrodilla para ayudar al niño de jardín a atarse los zapatos, y mis ovarios se derriten.

Cuando ha finalizado el día, estoy aún más decidida a

averiguar qué le sucede a Deke. ¿Qué le impide acercarse? Es como si tuviera un gran secreto, que me oculta a mí y al resto del mundo. Y solo quiero abrazarle, decirle que no me importa.

"Eso es lo que haré", decido cuando me subo a mi coche para conducir a casa esta noche. Le atraeré, le seduciré. O algo así. Estoy totalmente involucrada en la Operación Deke.

Solo tengo que descubrir cómo hacerlo.

Normalmente, llamaría a mis amigas y les pediría que vinieran a tomar una copa de vino para una sesión de lluvia de ideas, pero están muy ocupadas de momento. Adele toma más servicios de catering para cubrir la temporada floja en la tienda de chocolates, y Tabitha la ayuda. Charlie también está ocupada con algún proyecto secreto del que no nos cuenta nada a ninguna de nosotras. Además, no son del todo partidarias de Deke. Son firmemente del equipo Sadie y parecen pensar que no sé lo que hago cuando se trata de él. Lo entiendo, no he tomado las mejores decisiones cuando se trata de hombres. No quieren que un tipo dominante me vuelva a demoler.

Deke no es así. Es fuerte, pero no me hace daño. Además, ni siquiera está interesado en mí o disponible para una relación. Puede ser solo una aventura salvaje.

Nunca he tenido una aventura salvaje.

Nunca he sido salvaje. Y Deke definitivamente me pone salvaje, de la manera más maravillosa.

Cuando llego a casa, me quito las ballerinas y me froto las manos. Estoy a punto de llamar a Deke cuando veo que he perdido una llamada y tengo un mensaje de voz.

Mi corazón se desploma. Es de mi padre.

—Sadie, tenemos que hablar.

* * *

Treinta minutos más tarde, llego al aparcamiento del restaurante formal que le gusta a mi padre. No tuve tiempo de vestirme como sé que mi padre prefiere, pero me cambié el cardigan por uno más elegante y las ballerinas, mi atuendo de batalla. Lástima que no pueda echarme encima una armadura. Igualmente, no es que mi padre no pueda perforar ese tipo de escudos. Enderezo los hombros y marcho al interior del local.

Mi padre se ha sentado en una mesa justo en el centro del salón, donde todos puedan verle. Es concejal del ayuntamiento y se enorgullece de conocer a todos "los que vale la pena conocer", como él lo ha dicho. Así me presentó a Scott.

—Cariño —dice mientras cruzo obedientemente hacia él y me inclino para darle un beso en la mejilla—. Ya me tomé la libertad de ordenar. —Me hace un gesto para que me siente.

—Genial. —Tendré que comer lo que ordenó por mí. La última vez fue trucha de agua dulce y una ensalada mayormente de rúcula. Odio el pescado, pero la rúcula no me desagrada.

Miro largamente mi copa de vino, pero sacudo la cabeza cuando el camarero ofrece un menú de bebidas. Soy un peso ligero. Además, solo bebo en público con personas en las que confío absolutamente, para que no se burlen de mí, como mi grupo de chicas. Cuando salí con Scott, bebía mucho jugo de arándano con soda. Con mi padre, ni me molesto con un cóctel sin alcohol. Él beberá lo suficiente para los dos.

Mi padre suele ser un hombre guapo, con oropeles plateados en el pelo. Anda bronceado y en forma gracias al golf del club de campo y en invierno por esquiar. Dos mujeres de cuarenta o cincuenta y tantos años, con cuerpos tonificados por el yoga y caras estiradas a fuerza de Botox, le dirigen unas cuantas miradas interesadas. No dejan de hacerlo y él finge no darse cuenta, pero sé que lo nota. Perfeccionó el arte de ocultar su mirada errante cuando estaba casado con mi madre. Ahora tiene el hábito de fingir que es ajeno a la atención de otras mujeres, al menos en público. Otra similitud que comparte con Scott.

Me aclaro la garganta.

—¿Dijiste que querías hablar conmigo?

—Sí. —Ambos estamos absortos, yo colocando mi servilleta en mi regazo y él inspeccionando su vaso de whisky. Todavía tenemos que hacer contacto visual. Todo es parte de nuestra farsa regular de una cena padre-hija—. ¿Cómo estuvo tu trabajo?

—Maravilloso. —No le importa mi carrera docente, así que omito contar las últimas historias sobre los momentos de esta semana en que mis alumnos fueron particularmente lindos. Él no los merece—. ¿Cómo va el tuyo?

Suelta alguna historia del ayuntamiento y yo asiento para murmurar en los silencios correctos como una hija obediente. Otra cosa que Scott tenía en común con mi padre. Todas sus historias giraban en torno al trabajo o al golf, pero principalmente eran muy importantes. Eso y que sus historias parecen ser cada vez más largas y aburridas.

Unos veinte minutos después, mi padre se aclara la garganta.

—Ese es el proyecto que Scott propuso, por cierto —dice, aparentemente despreocupado, pero hace contacto visual conmigo por primera vez—. ¿Le has visto?

—¿A quién? —Me he concentrado en el gran espectáculo de cortar la trucha. Pobre pez muerto, sacrificado por esta espantosa cena. Ojalá pudiera retroceder en el tiempo y arrojarlo de nuevo a su arroyo de montaña. Entonces uno de nosotros sería libre.

Mi padre se aclara la garganta de nuevo.

—Scott Sears. Tu novio.

—Exnovio —le digo con una gran sonrisa. Probablemente debería bajar el tono, pero estoy muy feliz de que Scott sea mi ex.

—¿En serio? Es una pena. —Mi padre hace señales para otro whisky escocés de malta—. Pensé que las cosas iban bien.

—Mmm. —Finjo que tengo la boca llena de rúcula.

—En realidad, es por eso que te llamé. Quería hablarte de Scott. —Me lanza una mirada bajo sus espesas cejas, que significa que *hablo muy en serio. Estamos teniendo una charla muy importante*—. Es un buen hombre, Sadie. No hay muchos en un pueblo tan pequeño. Va a llegar lejos. Es una parte importante del crecimiento y desarrollo de este pueblo. Creo que serías muy feliz con él.

¿En serio?

—Cuando decidiste ser maestra, como sabes, tu madre y yo nos preocupamos.

Cojo el tenedor con más fuerza para evitar que vaya a por el cuchillo. Odio cuando mi padre habla de mamá como si la conociera y pudiera saber su opinión. Hasta donde yo sé, él y mamá no han hablado en años.

—Pero pensamos que si encontraras un buen hombre con una profesión estable, estarías bien. Además, una vez que tengas hijos, querrás que un hombre te mantenga.

Ni siquiera puedo contestar.

—Y, Sadie, Scott es ese hombre. —Mi padre vuelve a divagar, y resisto el impulso de poner los ojos en blanco. Lo cual es tan diferente a mí, pero ¿qué hago aquí? Sería tan fácil levantarme, tirar la servilleta sobre mi plato y alejarme de la mesa. Incluso podría coger una botella de vino al salir. No necesito conducir a casa, podría llamar a Deke. Decirle que necesito que me lleve y que le debo otro favor. Llegará en su gran moto justo cuando me termine el vino, me entregará un casco y me sentaré a horcajadas sobre esa enorme bestia vibrante, con toda esa potencia entre las piernas y... *Mmmmm.*

A medio camino de mi fantasía de paseo en moto con Deke, mi padre añade:

—Y, por supuesto, está la boda. Tendréis que arreglar las cosas antes de que viajéis para asistir.

Me he desconectado de mi padre, pero eso me llama la atención.

—¿Boda? —¡Dios! ¿Cómo pude olvidarme de la boda de Jenn? La bloqueé.

Mi padre levanta los dedos y frunce los labios para señalar su disgusto. Se da cuenta de que no le he estado prestando atención.

—¿No estáis invitados juntos para la boda? ¿La boda de vuestros amigos en Santa Fe?

Aaaaaaaah.

—Jenn y Geoff. Sí. —Resisto el impulso de frotarme la cabeza. De repente tengo jaqueca. Jenn es una amiga del instituto de Taos. Su novio Geoff es amigo de Scott de la universidad. Ellos nos arreglaron una cita cuando Scott se mudó a Taos desde Santa Fe.

—Estarás en Santa Fe por un fin de semana largo, ¿verdad?

De repente me doy cuenta de por qué mi padre se ve tan engreído, por qué lo sabe todo sobre esta boda y organizó esta cena conmigo.

—Hablaste con Scott —acuso—. Te llamó y te contó todo esto. Por eso querías hablar conmigo.

Mi padre frunce el ceño de nuevo.

—Scott y yo hablamos, sí. Tiene negocios en las afueras de Taos, al igual que yo. Y nuestros caminos se cruzan a menudo.

—Por supuesto. Sois como uña y carne

No lo digo como un cumplido, pero mi padre lo toma como tal.

—Sí. Y mencionó esta boda, que pasarán tiempo juntos en un entorno idílico. Será el momento perfecto para hablar de la relación y resolver las diferencias.

Solo mi padre se referiría a la traición e Scott y al hecho de que sea un imbécil como "diferencias" que esperaría que simplemente las "resolviéramos", lo que significa que espera que las pase por alto. Al igual que mi madre ignoró las indiscreciones de mi padre hasta que finalmente tuvo el coraje de dejarle.

—Es perfecto —continúa mi padre. Ahora es jovial, cortando su filete—. Siempre dije que tú y Scott estaban hechos el uno para el otro.

Haría mi mejor imitación de la pintura de Munch *El grito*, con voz y todo, pero me he quedado realmente sin palabras.

—Soy tu padre —termina—. Solo quiero lo mejor para ti.

Cuando finalmente regreso desanimada a casa, tengo un dolor de cabeza fatal. Las cenas con mi padre siempre son como descender al noveno círculo del infierno, pero aquello fue otra cosa. Aparentemente, la visión que mi padre tiene de mí es convertirme en una especie de ama de casa desesperada de la década del cincuenta. Y Scott lo aprobaría de todo corazón.

Se confabularon en esto. Encontré las agallas para enfrentarme a Scott, pero ¿con los dos trabajando en tándem? Es demasiado. No sé, siempre he sido un felpudo para mi padre, pues tiene una personalidad muy dominante. Después de que espantara a mi madre, y él fuera todo lo que tenía, creo que tenía miedo de disgustarle por temor a que el único progenitor que tenía me rechazara.

Son temas viejos y estúpidos, pero las resonancias todavía están presentes en cada conversación e interacción que tenemos. Me sigue diciendo qué hacer con mi vida, y me resisto todo lo posible para no dejarme avasallar.

Pero tengo problemas más apremiantes que aprender a plantarle cara. Faltan dos fines de semana para la boda. Se espera que Scott, yo y el resto de los asistentes a la fiesta nos alojemos en un resort de Santa Fe durante un fin de semana largo. Sé que la familia de Jenn no escatimó en gastos. La familia del novio también es adinerada, por lo que Scott está tan entusiasmado de asistir.

Voy a tener que ponerme un vestido de dama de honor y dibujarme una gran sonrisa para pararme frente a Scott. Tendrá tres días y dos noches para arengarme sobre salir con él de nuevo. Probablemente sea el padrino que me acompañe al altar. Jenn planeó todo cuando pensaba que estaríamos juntos. Incluso bromeaba diciendo que era una prueba para Scott y para mí. Nunca le conté sobre el engaño.

¿Por qué dejé que la farsa con Scott durara tanto? Porque era demasiado amable para terminar las cosas, aunque no estaba interesada en él. Odio herir los sentimientos de las personas. Y ahora que lo pienso, algunos de los sentimientos que me preocupaba herir eran los de Jenn y Geoff. Como si les debiera seguir saliendo con su amigo solo porque nos armaron la cita.

¡Dios, soy muy complaciente!

Obviamente, Scott no comparte ese rasgo. El control y la crítica son sus herramientas favoritas en las relaciones. Y hacer trampa. Lo único que obtuve de la relación fue la aprobación de mi padre.

Esta es una emergencia total. Me tienta llamar a Jenn y decirle que estoy enferma. Pero no se lo merece. Además ya me he tomado un tiempo libre para la boda.

Solo hay una cosa que hacer. Bebo una copa de vino y busco a Deke en el chat de mi teléfono.

Aquí no pasa nada.

—Necesito otro favor —le envío un mensaje—. Pero es grande. Realmente grande.

Diez segundos después, suena mi teléfono.

—¿Qué necesitas? —Deke pregunta. Sin *hola*, sin preámbulo, sin nada. Respiro hondo. Debería haber bebido más vino.

—Sadie, ¿estás bien?

—Sí, sí, estoy bien.

—¿Es Sears?

—¿Scott? No. Bueno, no exactamente. Pero tengo que pedirte un favor. Uno enorme.

Hay una pausa en la que recuerdo lo que pidió a cambio del último favor. Como si estuviera pensando lo mismo, su voz se suaviza.

—¿Sí, nena?

Joder, ahora estoy súper excitada.

—Um, sí.

—¿Qué tan grande?

—Realmente grande. Te debería mucho. Además de lo que ya te debo.

—Estoy seguro de que podemos llegar a un acuerdo. —

Suena juguetón. ¡Dios mío, estamos coqueteando! Me tumbo en mi cama.

—Tal vez.

—¿Qué es? Solo dímelo.

—Necesito un acompañante para una boda —digo y continúo con prisa antes de perder las agallas—. Una cita fingida otra vez, no una real —agrego rápidamente.

—Fingir. —¿Suena decepcionado?

—Um, es en un resort de Santa Fe, así que sería durante todo un fin de semana. Debo asistir a una boda y tengo que ir un día antes. Scott estará allí. Él y yo íbamos a ir juntos, pero...

—No digas más —dice Deke.

—¿En serio? —Siento como si una mancuerna de treinta kilos se levantara de mi pecho—. ¿Lo harás?

—Nena —es todo lo que dice. Entiendo que significa: *Por supuesto*—. ¿Cuándo es?

—Dos semanas a partir del jueves. Ya tengo tiempo libre, pero me olvidé porque no quería lidiar con eso. —Le doy los detalles—. Puedo conducir, aunque no creo que te sientas cómodo en mi pequeño coche.

—Yo conduzco. ¿A qué hora debo recogerte el jueves?

—Um, ¿estás seguro?

—Sí. ¿A qué hora?

—¿Alrededor del mediodía?

—Estaré allí.

—Muchas gracias. Te debo uno grande.

—Mmm. —Su voz es un zumbido oscuro y retumbante. Como si le encantara la idea de que yo le deba. O como si fuera a cobrarse más que un beso esta vez.

¡Oh, Dios, realmente espero que sí! Me gustó el último favor que se cobró conmigo.

—¿Tienes un traje para ponerte?

—Nena —dice de nuevo y cuelga.

Me río en el teléfono desconectado. Deke es como ningún hombre que haya conocido.

* * *

Deke

Mi polla está dura cuando cuelgo con Sadie, mis pensamientos de cómo cobrarme favores se pervierten rápidamente.

Oh, joder. ¿En qué me acabo de meter? Desobedecí una orden directa de mi alfa al aceptar ir con Sadie.

Pero no hubo manera de que la decepcionara. De ningún modo la dejaría pasar un fin de semana largo con su ex como su acompañante cuando ella no le quiere.

Mi lobo ya quiere destrozar a ese tipo por molestarla.

Pasar un fin de semana entero en lugares cerrados con humanos, en una boda, nada menos, es un tipo especial de infierno para mí, pero por Sadie, haría cualquier cosa. Mantendré a mi lobo bajo control. Intentaré actuar civilizadamente. Hablaré con oraciones completas. Causaré una impresión decente como su novio de mentira. Demonios, hasta me pondré un maldito traje.

Me quedo de pie y un escalofrío de placer me recorre, viniendo directamente de mi lobo. Siento su deseo de aullar y dar vueltas.

Bueno, al diablo.

Mi lobo está feliz. Excitado, inclusive.

Salgo del albergue y voy al río, caminando cuesta arriba a lo largo de la orilla para liberar algo de la energía reprimida. Necesito averiguar qué le voy a decir a Rafe. Cómo presentarle esto.

Es una misión. No es una cita.

No me relacionaré con humanos en un acontecimiento social. Es un trabajo.

A casi un kilómetro, me encuentro con Lance pescando en el arroyo. Sacudo la cabeza porque en serio no le entiendo. Somos depredadores. Cazamos animales en cuatro patas. No necesitamos pararnos en la orilla del agua en forma humana con una caña de pescar y conseguir comida.

—No hables —murmura Lance, leyendo correctamente mis pensamientos. Supongo que está hablando en voz baja para no asustar a los peces.

—No dije una palabra. —Estoy a su lado. Los sonidos de la naturaleza me parecen pacíficos por una vez. Siempre anhelo lo salvaje y me encanta vivir aquí donde podemos recorrer la montaña en cuatro patas o en dos ruedas en cualquier momento, pero esta tarde se siente diferente.

Como si casi entendiera la satisfacción de Lance de pescar. No se trata de la captura. Se trata de la tranquilidad. De estar de pie en el borde del agua fría apreciando su murmullo. Escuchando a los árboles.

¿Por qué mi lobo está tan tranquilo?

Sadie, casi lo escucho susurrar.

Sacudo la cabeza. No puedo tener a Sadie. Sadie no es para mí.

Lance me lanza una mirada curiosa.

—Pareces... diferente.

No respondo. No puedo hablarle de Sadie porque no pasa nada. Y no va a pasar.

—Es por la maestra, ¿no?

Respiro hondo ante la mera mención.

—Ella calma la locura —admito finalmente.

—Parece dulce.

Solo escucharlo hablar de ella hace que se me acelere el corazón y rebote en mi pecho.

—Lo es —digo bruscamente—. Pero no viene por ahí. No me voy a involucrar.

—Correcto. —Lance mira el río, probablemente para que no tenga que mentirle a la cara.

—Su ex la acosa —le explico—. Me pidió que fingiera ser su novio para asustarle.

Ahora Lance me mira y sus cejas se elevan con sorpresa.

—¿Sí?

—Sí. —Me froto la cara con una mano.

—Joder, Deke. Eso suena a problemas. ¿Sabe que es probable que mandes a ese ex a una bolsa para cadáveres?

Una sensación de malestar se agita en mis entrañas.

—Eso no sucederá —digo bruscamente, aunque ni siquiera estoy seguro de que sea cierto.

Si ese tipo le pusiera una mano encima, le mataría. No hay duda. Pero esa no parece ser la naturaleza de su perturbación. El hecho de que Sadie no esté demasiado herida por él alivia la necesidad de mi lobo de exigir justicia. Parece que es más una molestia que una amenaza real, para su corazón o para su persona.

—No lo sé, Deke. La última humana que protegiste te llevó a un cargo por asalto y agresión. Y hubieras matado al tipo si no hubiéramos estado allí. No digo que no hayas tenido motivos, solo...

—Lo sé —espeto—. Pierdo el control. Mi lobo entra en modo de guerra en cada situación.

—Odiaría que esa dulce maestra viera ese lado de ti —dice Lance con voz suave—. Eso es todo.

Un gruñido grave retumba en mi pecho. De hecho, creo

que mi lobo gruñe ante la idea de que asuste a Sadie. Es cierto que me querría dar yo mismo un puñetazo en la cara si sucediera.

—No voy a tocar al ex —prometo—. Pero no voy a negarle el favor a Sadie.

No podría

Me siento mal por irme el fin de semana cuando el equipo intenta descubrir cómo nos delataron en Suiza, pero de momento parece que perseguimos sombras, y Sadie me necesita.

—Lo entiendo. —Lance engancha un pez en su anzuelo y tira; saca una trucha arco iris del agua.

Le doy las gracias. Si pesca algunas más, todos podremos comerlas para la cena. Retira suavemente el anzuelo y suelta al pez en la red que puso en el agua.

—Solo ten cuidado. Me gusta Sadie...

Se interrumpe cuando un gruñido feroz brota de mi garganta.

—No de esa manera —corrige deprisa—. En absoluto. Amigo, a eso me refería. No sé si podrás lograrlo.

Joder. Puede que tenga razón. Pero echarme atrás ahora no es una opción.

—Lo lograré —juro—. Sadie estará a salvo conmigo.

Capítulo Siete

Sadie

Tengo el vientre lleno de mariposas el día del viaje por la boda. Solo les conté a mis amigas de mi acompañante para la ceremonia, pero no a mi papá ni a Scott, quien intentó por todos los medios que viajase con él. Sabía que si se le contaba a Scott, iría corriendo a ver a mi padre, y no quería lidiar con la montañas de juicio que se derrumbarían sobre mi cabeza por asociarme tan estrechamente con lo que mi padre describiría claramente como un personaje desagradable.

El día amanece radiante y hermoso. Me doy una larga ducha, me afeito las piernas. Puedo tomarme mi tiempo porque no tengo apuro para llegar a la escuela. Dejé a la maestra sustituta con planes de lecciones completos, así que todo debería andar bien, siempre y cuando tenga experiencia con alumnos más pequeños.

Considero las cosas y luego me depilo un poco más. Empaco mi bonita ropa interior. Me digo a mí misma que las tangas extrasedosas son para no mostrar líneas de bragas debajo del vestido de dama de honor. *Claro que sí*. Mis ovarios no se engañan.

Para el viaje, me pongo un jersey, pantalones de yoga y mis lindas botas grises forradas de piel sintética que funcionan como botas de montaña. El complejo tiene senderos privados y estoy segura de que Deke y yo tendremos tiempo para escabullirnos y hacer senderismo por uno de ellos. Tengo la sensación de que le gusta la naturaleza. Recuerdo lo agradable que fue cuando me llevó al puente en su moto.

Si tenemos algo de tiempo a solas, ¿volverá a cobrarse el favor? ¿Me pedirá un beso... o algo más?

Estoy segura de que podemos resolverlo.

Tal vez debería preguntarle. Solo le diré lo que quiero. Dejaré claro que no tengo expectativas. Que sé que no es una cita real. Que me estaría haciendo otro favor.

Como el complejo cuenta con spa e hidromasaje al aire libre, empaco un bikini por si acaso.

No dejaré que Scott arruine nuestra diversión. Espero que vea a Deke conmigo y me deje en paz el resto del fin de semana.

¿No quieres jugar?, crepita una voz espeluznante en la esquina. Salto y giro al mismo tiempo, pero es solo el estúpido conejo Jackalope. Ha estado funcionando mal, sonando en momentos extraños sin previo aviso, así que lo traje a casa desde mi salón de clases. Probablemente no debería haberlo comprado en un almacén de juguetes de imitación en Internet.

Un rugido de un motor afuera me da un escalofrío. Es *Deke*. Tiro el Jackalope en el armario de mi habitación y agarro mi maleta.

El coche de Deke es un Mercedes grande, negro, de diseño cuadrado, con un potente motor, tan ruidoso como la motocicleta. Deke ya ha salido del asiento del conductor y viene a mi encuentro. Lleva su atuendo habitual de motero: botas grandes y camiseta descolorida, vaqueros negros y una sonrisa mortal. Por supuesto, no se ha arreglado para el fin de semana.

Oh, Dios mío, estaba loca al pedirle que fuera mi cita. Todos los asistentes a la boda pensarán que he perdido la cabeza.

¿Lo he hecho? Puede que sí. Pero mi sexy tanga rosa ya está mojada. Busco a tientas mis llaves, y por algún milagro cierro la puerta y corro a su encuentro.

—Deke. —Soy tan baja en comparación con él, que tengo que ponerme en puntillas para saludarle. Le echo los brazos al cuello porque estoy absurdamente contenta de verle. Quiero agradecerle por hacerme este favor.

Se pone rígido por un instante y me doy cuenta de que me he excedido. No es una cita de verdad, por supuesto. No debería actuar tan amigablemente. Pero luego me envuelve una gran mano alrededor de la nuca, me alza de puntillas y me besa justo delante de mi casa. A plena luz del día, frente a mis vecinos, y después de un segundo con los labios apretados contra los suyos, no me importa. Su boca es cálida en la mía, dominante pero no exigente. Su aliento es un poco mentolado.

Me inclina hacia atrás y me desequilibra un poco. Sin pensarlo, dejo caer mi maleta y me agarro a sus bíceps gigantes para sujetarme. Su polla sobresale en sus pantalones, retorciéndose contra mi vientre.

Felizmente cancelaría todo el fin de semana solo para que podamos quedarnos aquí besándonos. Él rompe el beso pero no retrocede. En cambio, presiona su frente contra la mía por un momento.

—Sadie —su voz profunda retumba a través de mí. Sus

ojos son de color verde brillante a la luz del sol. Mis ovarios se desmayan.

Se aparta y me ayuda a enderezarme, levanta mi maleta, apoyándome su mano libre en la espalda.

Dios mío.

—Buena idea —digo sin aliento una vez que estoy en el coche y Deke se sube luego de haber guardado mi maleta en la parte de atrás. También me abrió la puerta y me abrochó el cinturón, lo cual es bueno porque mis extremidades parecen gelatina después de ese beso. Mi corazón todavía palpita. Mis ovarios todavía saltan.

—Deberíamos practicar ser novio y novia, en caso de que la gente pregunte.

—Practicar... Sí, definitivamente. —Pone su G-wagon en marcha, y nos vamos. En pocos minutos, estamos volando por la carretera hacia la autopista.

—Creo que es una buena idea —insisto, tratando de calmar las alas de mariposa batiendo en mi vientre por el beso—. La gente va a pensar que sigo con Scott. Tendremos que explicarlo.

—¿Habrá un cuestionario?

—Tal vez. —Frunzo el ceño ante eso—. Todos conocen a Scott. Son su clase de personas.

Deke gruñe ante eso y me siento aún más infeliz. Jenn es una buena amiga, pero ¿y si el resto se pone del lado de Scott? Tienen esa forma tan de clase alta de ser groseros y condescendientes de la manera más educada posible. Debajo de sus camisas polo y sonrisas brillantes hay alambre de púas.

—Sadie —dice Deke, y me doy cuenta de que he estado con la mirada perdida por la ventana. El cristal refleja las líneas de preocupación en mi frente—. Relájate. —Coloca su mano en mi rodilla y aprieta.

Y lo hago, acomodándome en el asiento afelpado. Para un vehículo robusto de aspecto militar, los interiores son bastante elegantes.

—Y definitivamente podemos practicar, si quieres. —Su voz suena más baja y áspera de lo habitual. Otro apretón de mi rodilla, y la excitación se extiende me inunda.

—La práctica hace a la perfección —digo. ¿A quién le importa si los amigos de Scott no aprueban mis elecciones de vida? Deke me protegerá. Una parte rebelde de mí, que nunca supe que existía, se deleita con la idea de sorprender a todos en esa boda este fin de semana.

Y quién sabe, cuando estamos en privado, incluso podría sorprenderme a mí misma con mi comportamiento.

Me estremezco y aprieto subrepticiamente el trasero.

—¿Frío? —Deke enciende los calentadores de asientos. Sube la temperatura de la cabina y se asegura de que el aire caliente sople hacia mí.

—Está bien, gracias —le digo.

—¿Segura? Tengo una manta en la parte de atrás. —Se estira detrás de mi asiento, hurga y luego me entrega una botella de agua—. También traje bocadillos.

—¿En serio? —Es tan considerado—. Esto es perfecto, gracias. Me retracto. No necesitas practicar. —Le sonrío—. Ya eres el novio falso perfecto. Mucho mejor que Scott.

Deke resopla.

—Seguro que no es muy difícil. No puedo imaginar a ese tipo prestándole atención a nadie más que a sí mismo. —Pone la luz de giro antes de subir a la autopista, lejos del pueblo—. No es asunto mío, nena, pero ¿qué le viste?

—Me he estado haciendo la misma pregunta. Creo que solo salí con él porque mi padre lo quería. Y creo que salió conmigo para alinearse con mi padre.

—¿No se perdió el amor, entonces?

—No. Creo que traté de creer que le amaba, pero... sí. No creo que fuera amor. Simplemente no quería hacer ruido con una ruptura. Así que cuando me engañó, fue un alivio.

—¿*Te engañó?* —Deke dice incrédulo, como si fuera una especie de diosa del sexo de la que ningún hombre se desviaría.

—Sí. Pero como dije, me alegré. Una buena razón para hacer lo que secretamente sabía que debería haber hecho dos años antes.

—¿Tienes buena relación con tu papá?

—En absoluto. Todo lo contrario, pero cuando mi madre se fue, él la demandó por la custodia total. Mi madre se la dio, a pesar de que yo quería ir con ella.

—Eso es una mierda —dice en voz baja después de que me quedo en silencio.

—Fue hace mucho tiempo. Vale, aclaremos nuestras historias —digo mientras Deke pasa más allá de las montañas—. ¿Cómo nos conocimos? ¿Qué decimos?

—La verdad. Te vi al otro lado de la plaza y te deseé.

Me sonrojo.

—Querías *conocerme*.

Él reprime la sonrisa y dice:

—Claro.

Un fuego se enciende entre mis piernas. Aprieto los muslos internos, me aclaro la garganta.

—Y te vi con tus amigos moteros y quise conocerte también. Para nuestra primera cita me llevaste a dar un paseo en moto y luego a casa, pero eres un caballero perfecto.

—Nena —parece dolorido—. No digas eso.

—Eres el caballero perfecto. Y conduces una moto y el tipo de vehículo del que cantan todas las canciones de rap.

Eso consigue una sonrisa real.

—¿Escuchas rap?

—No mucho. Solía pensar que *Shawty* era un rapero que todos los demás raperos conocían. Eso es lo que sé sobre rap.

Pasa mucho tiempo antes de que Deke deje de reírse. Podría haberle alentado cantando las primeras líneas de *In Da Club* de 50 Cent, explicando que pensaba que la canción era sobre su amigo Shawty celebrando un cumpleaños.

—Así que eso está resuelto —digo unas horas más tarde, mientras nos dirigimos a la entrada del complejo—. Esa es nuestra historia. Simplemente nos apegamos a eso, y estará bien. —Pero cuando llegamos al resort, el rostro se me pone rígido con una sonrisa congelada. Hay toneladas de coches lujosos: Porsches, Land Rovers e incluso un Maserati. Mucho dinero, coches veloces, gente con ropa cara bebiendo demasiado y fingiendo que son importantes: este es el mundo de mi padre. Estaría frotándose las manos con todos los posibles contactos comerciales. Vería esta boda como un evento de *networking*.

Scott definitivamente estará trabajando con la multitud mientras esté aquí. Casi puedo escucharle sermoneándome sobre cómo comportarme para que pueda causar una buena impresión. Mis hombros se elevan hacia mis oídos, poniéndose rígidos en defensa al recordatorio.

Scott quería una esposa de Stepford y dejó claro que no podía encajar en el papel. Siempre estaba un poco fuera de lugar, era demasiado estrafalaria, demasiado peculiar, demasiado yo misma. Él y mi papá siempre trataron de limar los excesos de personalidad. Me aplastaron, pero nunca pude quedarme de brazos cruzados. *Como un felpudo.*

Abro la puerta y salto de la camioneta antes de que Deke pueda venir y dejarme salir.

—Relájate —toma mi mano, la suya grande envuelve la mía—. Todo va a salir bien.

—Por supuesto —digo, pero mi calma es tan falsa como nuestra relación.

* * *

Deke

No estoy seguro de la última vez que me sentí tan ligero. Sadie me hace reír. Es jodidamente *adorable*.

El complejo, situado en las afueras de las montañas Sangre de Cristo, me permitiría escabullirme e ir a correr, tal vez. Liberar algo de esta lujuria reprimida para sacarla de mi organismo. Me encantaría correr ahora, pero veo a Sadie demasiado nerviosa, lo cual provoca que todos mis instintos protectores se salgan de control. Es una receta para el desastre.

Lance tenía razón. Si Sears se acerca a ella, podría perder la cabeza.

Y no sobreviviría. Rafe tendría que acabar conmigo para siempre.

Rodeo a Sadie con un brazo protector mientras cruzamos el vestíbulo. Ella se apoya en mí casi inconscientemente. *Genial.* Para cuando llegamos a la recepción, ha vuelto a sonreír, una sonrisa genuina, no esa cosa horrible pellizcada que chocaba con la ansiedad en su aroma.

Mi presencia parece aliviarle la tensión. Tal vez pueda probar otras formas de relajarla si me lo permite. Necesito pensar en esto como un trabajo. Estoy aquí con una misión:

ser la cita falsa de Sadie. Protegerla de su ex. No estoy aquí para aparearme, a pesar de lo que mi lobo parece pensarlo.

—Tendremos que agregar una habitación extra —le dice a la persona de recepción—. Llamé por eso antes.

—Lo siento, señorita, no tenemos disponibilidad. —El recepcionista me mira y aprieto el hombro de Sadie.

Sadie me lanza una mirada.

—Pero cuando llamé, no fue lo que dijiste.

Me quedo callado mientras Sadie y el recepcionista del resort intentan resolverlo. Mi lobo aprieta los puños todo el tiempo. No le importa compartir una habitación, una cama. Demonios, lo desea. Pero él no es el que tiene que contenerse para no reclamar a Sadie en el momento en que la tenga a solas, para no hincarle los dientes en esa carne de aroma dulce o para no marcarla permanentemente.

—Deke, lo siento. —Sadie se vuelve hacia mí, mordiéndose el labio—. Solo hay una habitación.

—Nena. Estará bien. —digo y le paso el pulgar por el labio inferior. Sus pupilas se dilatan y la excitación se acrecienta en su olor—. Lo resolveremos —prometo.

Yo tendré que resolverlo. Tengo la polla rígida en los vaqueros.

—Además, ¿no es bueno? La gente no se preguntará por el estado de nuestra relación. Ellos creerán... que estamos juntos. —Me trago lo que estaba a punto de decirle. *Sabrán que eres mía.* Mi lobo quiere aullar por estas noticias hasta que tiemble la estructura del resort. Voy a tener que esforzarme para mantenerlo bajo control. Especialmente si dormimos juntos en la misma habitación.

—Tienes razón. Está bien. Todo está bien.

Hago un ligero círculo en su espalda baja con mi palma mientras se convence a sí misma. Odio verla agitada. Sadie suspira y se vuelve hacia mí, y mis brazos se disparan alrededor de ella como si estuvieran hechos para abrazarla. Aprieto los dientes, esperando que mi polla no le pinche el vientre. Pero cuando Sadie se derrite contra mí, todo vale la pena.

—¿Te sientes mejor? —murmuro en su cabello.

—Sí. Gracias. —Me sonríe, y vaya si no quiero besarla aquí, ahora mismo, delante de todos. El problema es que no me detendría con un beso.

—Sadie —murmuro, y luego mis músculos se ponen rígidos cuando huelo Douchebag Cologne. O cualquier olor horrible que lleve el ex de Sadie. Miro por encima de la cabeza de Sadie y, efectivamente, veo a Scott Sears pavoneándose con su ropa elegante.

Una parte de mí quiere cargarse a Sadie al hombro y subir corriendo las escaleras hasta nuestra habitación. La otra parte de mí quiere echar a Scott del resort. Lleva botas de montaña que parecen caras pero que nunca ha usado. Ni una mota de barro. ¿Cuánto tiempo sobreviviría realmente este idiota en una caminata por el desierto? Mi lobo quiere perseguirle montaña abajo y averiguarlo.

—Entra —le susurro al oído a Sadie—. Agárrate fuerte de mí.

Sadie frunce las cejas en señal de confusión, pero ella se aferra más fuerte, con su brazo alrededor de mi cintura. La arropo justo a mi lado, bajo el brazo, y maldita sea si no encaja perfectamente. Entonces ve de quién estoy hablando.

—Oh —respira.

—No pasa nada. —Le acaricio la cabeza.

—¿Sadie? —Scott nos ve en la recepción. Su mirada rebota de mí hacia ella. Las emociones revolotean por su cara en una cómica progresión de sorpresa, molestia e ira y se detienen en una falsa felicidad—. Me alegro mucho de verte aquí. —Suena despreocupado y casual, pero no me mira; su olor sigue siendo de enfado.

—Sí, me tomé el día libre del trabajo. Deke condujo. —Se vuelve más adentro de mi cuerpo y me pone la mano en el pecho, dándome una leve sonrisa que no puedo evitar devolver—. Tuvimos un gran viaje por carretera. Fue perfecto.

Scott parece emanar un tufillo rancio. Su sonrisa falsa se desvanece un poco.

—Gracias, nena. —La aprieto y bajo la cabeza para respirar su dulce aroma. Es totalmente sincera. Sin embargo, cuando vuelve a mirar a Scott, su olor cambia. Creo que se siente un poco mal por él.

—Espero que esto no sea demasiado incómodo para nosotros —dice Sadie.

—No, no —Scott se esfuerza en decir—. De hecho, estoy saliendo con alguien ahora. Es modelo. Va a tratar de venir para encontrarse conmigo aquí.

—Oh, es maravilloso —dice Sadie. Ni una pizca de celos en su aroma. Solo alivio.

Scott, sin embargo, miente. Saca su teléfono y lo muestra.

—Yo, eh, tengo que contestar —dice, a pesar de que el teléfono no suena—. ¿Nos vemos esta noche?

—Sí. —Sadie saluda y yo la dirijo hacia la gran escalera. El botones ya llevó nuestras maletas a la habitación.

A medida que ascendemos, miro hacia abajo en dirección a una esquina donde está Scott, encorvado y hablando por teléfono, probablemente llamando a un servicio de acompañantes para ver si puede conseguir una cita de fin de semana. Ja.

Anoto un punto para el jodido hombre lobo.

Capítulo Ocho

eke

DNuestra habitación es luminosa y amplia, con vistas a las montañas que se extienden más allá. Estoy aliviado. Podría irme lo bastante lejos como para transformarme en mi animal y correr, ya que los espacios reducidos y con demasiados humanos me provocan ansiedad. Sin mencionar la tensión sexual.

Sin embargo, incluso cuando pienso en salir a correr, mi lobo se resiste, como si no estuviera dispuesto a dejar a Sadie ni siquiera por un minuto. La necesidad de protegerla es abrumadora.

Me paro en la ventana mientras Sadie desempaca. Para una persona tan menuda, Sadie ocupa diez veces más espacio de lo que cabría esperar. Es por su aroma, su radiante energía y su sonrisa. El resto es ropa. Trajo mucha ropa para un viaje de cuatro días.

—Eso salió bien —dice mientras va y viene entre el baño y el dormitorio, esparciendo sus artículos por todas partes. Menos mal que la habitación es espaciosa. Hay una bonita cama king hecha de troncos rústicos que deberían ser lo suficientemente resistentes como para soportar la fuerza que soy capaz de ejercer.

Sacudo la cabeza para descartar ese pensamiento. Aunque estemos en la misma habitación, voy a ser un caballero. Dormiré en el suelo.

A menos que ella haga el primer movimiento, mi lobo acota.

—Creo que debería salir bien este fin de semana. Scott no me molestará contigo aquí.

—Mejor que no lo haga —gruño. Odio escuchar ese nombre en los labios de ella. Él no merece su tiempo y atención. *Yo tampoco,* me recuerdo a mí mismo.

Sadie arruga la nariz.

—¿Crees que realmente tenga una nueva novia?

—No. —Me vuelvo desde la ventana y descruzo los brazos, así me veo menos intimidante.

Los labios de Sadie se retuercen y sus ojos parpadean divertidos.

—¿Crees que mintió?

Es tan confiada, tan guapa. Excepto que idiotas como Scott se aprovechan de ella. Le doy una mirada suave.

—Nena.

—Oh. Supongo que no podría ser tan fácil. —Se muerde el labio otra vez.

Un golpe suena en la puerta.

—Servicio de habitaciones —una voz amable se oye afuera.

Aunque probablemente no sea un peligro, me dirijo a la puerta antes de que Sadie pueda llegar allí, mi necesidad de jugar a ser su guardaespaldas es furiosa.

—¿Sadie Díaz? —Alza las cejas cuando su mirada se encuentra con mi pecho y luego tiene que levantarse para encontrar mi cara.

—Sí —Sadie llama detrás de mí.

La mujer descubre una bandeja de fresas bañadas de chocolate fresco. Hay una nota. "De tu admirador secreto", dice efusivamente, guiñándome un ojo como si yo las hubiera enviado.

Maldita sea. No se me había ocurrido. No estoy seguro de haber sabido que eso era un gesto hasta este momento. Pero Sadie seguro que se lo merece, incluso si viene del imbécil de su ex.

—Oh —dice Sadie sin mucho entusiasmo. Me lanza una mirada de disculpa—. Genial.

Tomo la bandeja y cierro la puerta.

Sadie abre la tarjeta. *Disfruta de tu estancia. Hablaremos pronto*, lee la nota en voz alta.

Intento evitar gruñir en voz alta.

—Qué asco. Esto es tan propio de Scott. No acosa de manera ordinaria. Usa su dinero y me instala aplicaciones en el teléfono, luego simplemente no me deja en paz, a pesar de que te tengo aquí. Obviamente estoy contigo, pero tiene que demostrar que es el hombre con la cuenta bancaria más grande o algo así...

—Um. Es bastante valiente. ¿Cree que no le arrancaré los brazos por mi novia falsa?

Sadie deja escapar una risa, la tensión incómoda la abandona.

—Oye. —Cruzo y coloco mis manos a ambos lados de su cabeza, ahuecando sus mejillas—. Le mantendré alejado de ti.

—Gracias. Estoy tan contenta de que hayas venido conmigo. Absolutamente temía este fin de semana, pero ahora...

—¿Y ahora qué? —No sé por qué su respuesta parece importante. Una misión crítica, inclusive.

Ella se sonroja y se encoge de hombros.

—Parece que podría ser divertido.

La erección de mi polla golpea contra la cremallera. La diversión definitivamente está en la agenda para mí también.

Por Sadie, por supuesto. No estoy aquí por mí. Todo es parte de la misión.

Y si esa misión consiste en darle orgasmos a Sadie Díaz hasta que grite, que así sea.

* * *

Sadie

Hay un segundo golpe agudo en la puerta. La abro y saludo al botones que entrega una canasta de bienvenida de parte de los novios.

—Bienvenidos. La recepción es a las cinco —me recuerda el botones y le doy las gracias.

Entrega de la cesta de bienvenida. La dejo y la desempaqueto.

—Oh, bueno, hay una carpeta con nuestro itinerario para el fin de semana. —La dejo a un lado. El resto de la canasta contiene cosas divertidas y anuncio cada artículo como una idiota—. También hay champán y copas grabadas a mano. Las gafas dicen: *Lamentos fuera.* —Jenn ha venido a nuestros miércoles de lamentos cuando visitó Taos—. Y esta linda bolsita blanca que dice dama de honor, tiene chanclas, que puedo usarlas para el día de spa. —Estoy balbuceando ahora, pero Deke me escucha.

Lanzo un suspiro gigante.

—Solo estoy tratando de averiguar cómo va a salir.

—¿Esto? —Deke se para justo detrás de mí, haciendo que la piel de gallina corra por mi piel.

—Este fin de semana. Todo esto. Necesito estructura, Deke. Un plan.

Inclina la cabeza hacia un lado, sus ojos oscuros me miran entrecerrados por un momento. Luego dice:

—Está bien.

—¿Está bien?

Agita una mano grande.

—Háblame de eso.

—¿En serio? ¿No me vas a decir que siga la corriente? —Parece esa clase de tipo.

—Esta es nuestra misión. Nunca entramos en una misión sin un plan. Por supuesto, cuando las cosas se salen del plan, tenemos que improvisar.

Agarro la carpeta y la abro.

—Nuestro tema es "Romanticismo rústico" —leo en voz alta—. El código de vestimenta es *Mountain Chic*. Me dirijo a Deke y le pregunto con falsa seriedad:

—¿Todos tus atuendos son *Mountain Chic*?

—No sé lo que eso significa, pero lo dudo. —Sus labios se retuercen.

Le devuelvo la sonrisa, sintiéndome mejor. Deke lo hace todo mejor.

—Bueno, todos mis atuendos son mountain chic, así que estaremos bien. —Vuelvo al itinerario para leerlo. La cama cruje cuando Deke cambia de posición. Su peso hace que la cama se hunda, y yo casi ruedo hacia él. Ahora estamos cara a cara, lo suficientemente cerca como para besarnos.

—¿Es así como llamas a esto? —murmura. Sus dedos arrancan mi pequeña camiseta de yoga.

Siento su toque a través de mi ropa. Mi núcleo se aprieta.

—No, esta es ropa deportiva.

—Tampoco sé qué es eso.

—Ropa de entrenamiento elegante. También tengo un armario lleno de ropa chic de maestra de jardín fuera de servicio. Principalmente vaqueros, ballerinas y cardigans. —Me acerco un poco más a él. Unos centímetros más y mis senos tocarán su pecho. No es que sea intensamente consciente de ese hecho ni nada—. Estoy segura de que estás muy interesado en todas mis elecciones de moda.

—Tal vez. —Su aliento calienta mi cara. Su dedo traza el escote de mi camisa—. Pero admito que estoy más interesado en lo que hay debajo.

Mis pezones se tensan.

—¿Oh, sí? —Me acercaría aún más, pero luego lo estaría escalando. *¡HAZLO!* Mis ovarios gritan. Sostienen un cartel que dice: *CONSIGUE LA POLLA.*

—Tengo que confesar que este no es el tipo de mis operaciones habituales, pero definitivamente estoy a la altura de los desafíos únicos que presenta. —Sus ojos se arrugan.

Me río.

—Sé que uno de esos desafíos es aguantar mi ansiedad. —Agarro el itinerario y lo tiro a la basura.

—Oh, creo que sé qué hacer con tu ansiedad —murmura.

Le lanzo una mirada inquisitiva, pero se frota la cara, mira hacia otro lado como si no hubiera querido dejar que eso se le escapara.

El resto de la canasta está llena de bocadillos y muestras de productos de spa. También hay una nota de Jenn agradeciéndome por ser parte del día especial de ella y Geoff. Además de un calendario personalizado con fotos de Jenn, yo y Geoff. Desafortunadamente, Scott está en muchas de ellas. Puaj.

—Nunca he estado en una boda —retumba Deke—. ¿Es esto típico?

—Desafortunadamente, sí. El coste promedio de la boda es como de treinta mil dólares. —Jenn y Geoff definitivamente están gastando mucho más.

—Jesús. ¿Vas a usar esto? —Agita una mano hacia la canasta.

—Um, ¿qué? ¿Usar las muestras del spa?

—Casarte. Gastar treinta mil en una boda.

—Mmmm. —Mi cerebro entra en cortocircuito—. Quiero casarme. Un día. Quiero hijos. Y mi papá probablemente insistirá en una gran boda elegante por motivos de contactos.

—Que se joda tu padre —dice Deke con una indiferencia tan hermosa que quiero grabarle, para poder reproducirlo una y otra vez con una pista de ritmo—. No te preocupes por él. ¿Qué quieres tú?

De repente, tengo esta imagen de Deke y yo de pie en la cima de una montaña, tomados de la mano, en un lindo pero sencillo vestido blanco de verano y Deke en su atuendo habitual. Mis amigas y sus amigos moteros detrás de nosotros, aplaudiendo. Rafe es el oficiante, y después de que Deke y yo nos besamos, todos nos dirigimos a las mesas de picnic para hacer una barbacoa. Sencillo. Casual. Hermoso. Lo siento con un fuerte sentido de anhelo. Y de repente hay lágrimas en mis ojos porque es todo lo que querría.

Demasiado. Deke dijo que no tiene relaciones. Va a ser una aventura para mí. Solo una aventura.

—Prefiero algo más casual —susurro—. Al aire libre. Con algunos amigos, tal vez mi mamá. Un oficiante y un picnic después. Eso es todo. —Reúno mi coraje y pregunto —: ¿Qué hay de ti? ¿Cuál es la boda de tus sueños?

—Nunca me casé —dice, y mis sueños mueren con un pequeño sonido de trombón triste—. No es para mí, nena.

—Vale, entiendo. —Empiezo a empacar los productos de la canasta. *Esta no es una cita,* me recuerdo a mí misma. Pero me besa. Tal vez pueda ser mi guardaespaldas con beneficios solo por un fin de semana.

Hago una pausa con el champán en la mano y considero abrirlo, pero es un poco temprano para beber. No quiero llegar ebria a la recepción.

—Sadie —murmura Deke.

—¿Sí? —respondo pero no le miro.

—El sueño de la casa ideal y los niños no son para mí.

Frunzo el ceño porque suena triste otra vez. Estoy a punto de preguntarle *por qué no* cuando suena el teléfono junto a la cama. Me acerco y lo agarro.

—¡Sadie! ¡Estás aquí! —me grita la novia al oído. Hay chillidos en el fondo. Jenn debe de estar con sus otras damas de honor, bebiendo champán desde temprano.

—Acabo de llegar. —Me siento en la cama.

—¡Baja! —Jenn dice—. Estamos en la habitación 404.

—Um... —Miro a Deke. Lo último que quiero hacer es dejarle e irme de fiesta con los invitados de la boda. Me siento un poco culpable, pero la boda es la razón principal por la que estoy aquí—. En realidad estoy un poco cansada. ¿Nos vemos en la recepción?

—Vale, vale. Si tú y Scott no pueden despegarse ... —Ella se ríe. Alguien en el fondo grita algo que no escucho del todo.

—Nos vemos —rápidamente me despido y cuelgo. Joder. Necesito decirle a Jenn que ya no estoy con Scott.

Supongo que era demasiado esperar que Scott se lo dijera a Geoff, y que este informase a Jenn.

—Joder —gimo y me hundo en la cama con las manos cubriéndome el rostro. ¿Es demasiado pedir que se cancele todo, para poder quedarme en la habitación y seducir a Deke? ¿Derribar sus defensas y conocerle?

Conocerle su polla, mis ovarios indican.

—Arrrrrrghhhh.

—¿Todo bien? —Deke pregunta.

—Estas cosas simplemente me estresan. Puedo manejar veintiocho niños de jardín intensos, pero los asuntos sociales formales me recuerdan demasiado al sufrimiento de los cócteles de mi padre cuando era niña. Prefiero quedarme encerrada en esta habitación contigo.

Los ojos de Deke brillan verdes.

—¿Sí? —Él me acecha con una cualidad depredadora en su pisada. Bien, bien. Podríamos estar con la misma vibra aquí.

¡Sí! ¡Sí! Mis ovarios bailan como porristas agitando pompones.

—Podría conocer una manera de aliviarte el estrés. —Su voz es baja y sugerente, pero puedo decir por la forma en que observa mi cara para ver mi reacción, que me está probando. No está seguro.

—Podría necesitar tus servicios. —Me subo a la cama de rodillas y levanto la botella de champán como una sugerencia.

—Nena. —De repente estoy boca arriba, con las muñecas clavadas al lado de mi cabeza. Deke toma la botella de champán de mi mano y la coloca en la mesita de noche.

¡Deke! ¡Deke! Mis ovarios se alegran.

—Así es como van a ir las cosas —me dice. Su rostro se

cierne a pocos centímetros de la mía. Puedo oler su aliento mentolado—. Voy a desnudarte, atarte a la cama y lamer tu coño hasta que grites. Y después de que te hayas corrido una docena de veces, vamos a ir a esa fiesta y hacer lo que se supone que debemos hacer. ¿Te parece un buen plan?

Venga.

En serio. Eso es todo lo que hace falta. La oscura promesa de Deke hace que mi coño se apriete, una oleada de placer llega directamente a mi núcleo.

Mis dientes realmente castañean mientras tartamudeo:

—Me gusta el plan.

Su sonrisa es salvaje.

—Buena chica.

Deke me quita de un tirón la camiseta. Se me corta la respiración; la conmoción y la emoción se mezclan para convertirme en una bola de nervios temblorosa.

—Deke... —En realidad, no tengo nada más que añadir a la frase. Creo que solo pronuncio su nombre en su honor, porque acaba de elevarse a dios del sexo, y ni siquiera estoy desnuda todavía.

Deke engancha los tirantes del sujetador y me los baja por los hombros. Deslizo mis brazos, luego sostengo mis pechos cuando él baja las copas. Mis pezones hormiguean, cargados de deseo.

—Mmm. Tan bonita —retumba Deke, mirándome los pezones entre mis dedos y pulgares. Me cubre las manos con las suyas, ayudándome a masajear y apretar los pechos. Ya estoy mojada por él. Me retuerzo debajo de su gran cuerpo, queriéndole más cerca. Gira la banda del sujetador y la desengancha, luego lo saca de debajo de mí.

—Me gusta la forma en que te estás tocando, Sadie, pero necesito que me des esas muñecas. —Cuando estira el sujetador, capto su significado. Otro miniorgasmo fluye en mí mientras sostengo las manos arriba, con las muñecas tocándose—. Buena chica. —Envuelve el sujetador alrededor de ellas, luego lo ata. Le observo examinar rápidamente la cabecera tapizada en tela y montada en la pared, y luego se baja. En un instante, saca un cordón de un zapato y lo pasa por el sujetador, luego lo asegura detrás de la cama. Cuando aleja la cama de la pared —conmigo encima— como si no pesara nada, enseguida mis muñecas se tensan por encima de mi cabeza.

Estoy increíblemente excitada por sus rápidas habilidades de supervivencia. No es que atar a una mujer a una cama lo sea, pero el miembro de las Operaciones Especiales que lleva dentro se nota, y me enciende muchísimo. Una vez que me tiene segura, se toma un largo momento admirándome. Sus párpados se entornan y un estruendo bajo se oye en su pecho.

Me contoneo intentando atraerle de nuevo. Su mirada se sumerge en mis pezones en punta y vuelve a cernirse sobre mí para llevarse uno a la boca. Lo mueve con la lengua. Lo roza con los dientes. Palmea mi pecho posesivamente mientras mueve su boca hacia el otro lado.

Es delicioso. Cielos. Nunca antes me había tocado un hombre así. Es tan agresivo, pero infinitamente más atento que cualquier amante que haya tenido antes.

Agarra la pretina de mis pantalones, los baja y tira lejos, dejándome en nada más que mis provocativas bragas. Estoy tan contenta de habérmelas puesto.

—Mmm —ronronea, deslizando un dedo debajo de la pernera de las bragas y trazándolo entre mis piernas—. Estas son tan bonitas, Sadie.

Se me escapa un gemido

—¿Te las has puesto para mí?

Mi núcleo se aprieta.

—Sí.

Sus ojos brillan verdes y respira agitadamente por las fosas nasales, casi como si estuviera tratando de estabilizarse.

—Joder, Sadie. —Se aprieta su polla a través de los vaqueros—. Eres traviesa, ¿no?

—Mmm, mmm. —Más apretones. Tiro de mis ataduras, solo porque quiero tocarle, para apresurar esto.

Me pasa un nudillo por el coño vestido con bragas, provocándome que lo empape de excitación.

—Sí —gimoteo—. Por favor.

—¿Por favor? Eres tan jodidamente dulce. —Mis bragas prácticamente vuelan de mis piernas.

Me depilé esta mañana, y la vista hace gruñir a Deke.

—¿Eso es para mí?

—Sí —lo admito.

—Joder, Sadie. —Deke me separa las rodillas y me lame desde el ano hasta el clítoris.

Grito tirando de las ataduras. ¡Es bueno, tan bueno! Pero nunca me han lamido tan íntimamente. Es vergonzoso. E increíble. Me penetra con la lengua, luego separa mis labios inferiores con ella, deslizándose hacia el clítoris nuevamente.

—¡Oh, oh! —gimo—. Deke.

—Así es, cariño. Di mi nombre cuando te haga correrte. —Mueve su lengua repetidamente sobre el clítoris. Es maravilloso pero no es suficiente. Levanto las caderas para tener más.

—Abre más las piernas, nena.

Las extiendo, aprovechando las lecciones de ballet de mi juventud.

—¿Necesitabas más? —De alguna manera me ha leído la mente. Para mi total sorpresa, le da a mi coño varias palmadas. No duele, pero me sorprende—. ¿Te gusta que te azote el coño?

Oh. Joder.

Quiero cubrirme la cara con las manos. Porque me encanta. Me gusta. Maldita sea. ¿Cómo lo supo?

—¡Deke!

Me da palmaditas unas cuantas veces más, volviéndome loca, luego vuelve a bajar la boca y me lame y chupa todas mis partes.

—Deke, oh, por favor. —Desesperada por liberarme, me siento maravillosamente bien.

Cuando encuentra el lugar exacto y chupa con fuerza allí, llego al clímax con las piernas agitándose salvajemente, mi pelvis rodando mientras mi canal se aprieta en nada más que aire.

—Ese es el primero.

Mis ojos se abren de par en par. ¿Hablaba en serio acerca de darme orgasmos múltiples?

No puedo negar la torridez de esta escena: estoy completamente desnuda, atada a la cama, y él todavía está a cargo completamente vestido.

Deke me desata las muñecas y cae a mi lado, luego nos hace rodar a los dos. Estoy metida justo contra él, mis pequeñas piernas enredadas con las suyas enormes.

—Abre las piernas, nena —instruye. Su mano ya se desliza entre mis piernas. *¡Sí!* Mis caderas se inclinan para saludarle otra vez. Me palmea sosteniendo mi palpitante sexo justo en su mano callosa. Un dedo roza mi entrada, mientras su palma se frota contra el clítoris. Al instante empapo su dedo con lubricante natural, mi cuerpo ansioso por su contacto. Sus dedos son enormes, pero introduce uno en mi entrada.

—Deke. —Atrapada en un repentino resplandor de

calor, su aliento caliente me acaricia el oído, sus caderas se balancean en mi trasero. El borde áspero de su largo dedo atrapa mi clítoris y me recorre una descarga de placer. La sensación es tan dulce que es casi dolorosa. Grito girando las caderas, tratando de rodar, pero Deke me cubre a medias con su cuerpo y su brazo de hierro, inamovible. Sin embargo, las yemas de sus dedos que se deslizan por los pliegues húmedos de mi sexo son muy suaves. Su dedo índice revolotea contra mi clítoris antes de ir hacia abajo e insertar dos dedos dentro de mí.

¡Oh! Eso es lo que necesitaba, penetración.

Grito de placer, extendiendo la mano para agarrarle la muñeca y guiarle más profundamente.

—Joder. Tómalo, Sadie. Toma lo que te doy. Toma todo lo que necesites.

Es tan bueno. Me rindo, permitiendo que el placer crezca y crezca, el fuego en mi vientre se calienta.

—¡Deke! —Mi llanto suena alarmado, pero si tengo miedo, es solo porque nunca he sentido tanto placer.

—Tómalo, Sadie. —El aliento de Deke me pica el oído, casi como si estuviera tan torturado como yo.

Las estrellas estallan detrás de mis ojos. Llego al clímax de nuevo, jadeando en los brazos de Deke, que no se mueve, no me deja moverme y mantiene su palma frotando justo en ese lugar, allí mismo, persiguiendo las réplicas del orgasmo. Mis piernas se agitan sobre las sábanas, me retuerzo en sus brazos, pero me sostiene firmemente, haciéndome sentir el placer en cada una de sus exquisitas expresiones. Y cuando se desvanece, todavía sigo en los brazos de Deke, cómoda y cálida.

Totalmente plena de dicha.

Pegajosa de sudor, tengo el cabello revuelto de la mejor manera: con el gran estilo del sexo. Me levanto de la cama y voy hacia el espejo donde puedo mirar a la diosa de ojos radiantes que soy. Tengo los labios hinchados y separados, las mejillas sonrojadas de color rosa orgasmo.

Deke me sigue como una sombra oscura que se cierne sobre mi espalda. Me inclino hacia atrás en su pecho y su brazo me rodea, asegurándome contra él. Me dejó boquiabierta en la cama y ni siquiera se quitó los pantalones vaqueros.

Sus ojos oscuros bailan mirándome por el espejo. Su susurro me hace cosquillas en el oído.

—¿Te sientes mejor?

—Oh, sí. —Me doy vuelta y pongo mis manos sobre su pecho—. ¿Pero qué hay de ti?

Sus ojos parecen cambiar de color como le sucede a menudo, de marrón a un verde brillante. Con una expresión de dolor, da un rápido para apartarse de mí.

—Estoy bien.

Intento no decepcionarme de que no le interese la reciprocidad.

Vale, esta no es una cita.

Pero lo único que me confunde es el tamaño del bulto en sus vaqueros.

* * *

Deke

Oh, joder.

Tengo las bolas hinchadas del tamaño de mi puño, totalmente dispuesto a sufrir para darle satisfacción a Sadie. Demonios, aceptaría cualquier nivel de tortura para asegurarle comodidad y calma este fin de semana. Pero sería mucho más fácil si ella no pareciera herida porque no acepté su oferta de devolverme el favor.

¡Joder! Si supiera cuánto la deseo... Lo daría todo por tener su pequeña mano envuelta alrededor de mi polla. O esos labios dulces y suaves. Pero mi lobo se torna agresivo. Parece estar actuando bajo la impresión de que Sadie es mía. *Nuestra*. Lo que sea.

Significa que el impulso de marcarla empieza a horadar mi control. A mi lobo no le importa un carajo que no pueda marcarla.

No le importa que el apareamiento esté fuera del alcance de todos los miembros del equipo de Operaciones Especiales, pero particularmente para mí. No soy ni remotamente confiable para una humana. Me estremezco con la idea de herir a Sadie si mi lobo ganase el control, lo cual me infunde verdadero pavor.

Mi lobo gruñe protectoramente.

Oh, cielos. Tal vez fui demasiado lejos con Sadie.

Encima tengo que bajar las escaleras e interactuar con una sala colmada de humanos mientras mi lobo está salvaje como nunca. Miro por la ventana tratando de averiguar si tengo tiempo para salir y transformarme en mi animal.

Pero no; Sadie me necesita. Y es la prioridad uno.

Tengo que superar esta loca tradición humana de las bodas y mantener al animal bajo control. Hablar en oraciones completas. Lucir presentable.

Para un tipo que ha estado en el equipo de operaciones que derrocó regímenes enteros por orden de su presidente, esta misión debería ser pan comido. ¿Por qué se siente como la operación más difícil en la que he estado? Porque nunca me ha importado tanto una operación como esta.

Eso es lo que Sadie me provoca.

Cuando se trata del peligro, de eliminar enemigos, lo

tengo cubierto. Incluso cuando pierdo el control de mi lobo en esas ocasiones, siempre está en el punto y el trabajo se ejecuta, incluso si es más sangriento de lo esperado. Pero en este caso, mi lobo podría causarle daño a Sadie si perdiera el control y la marcara. Hasta podría matarla. Los humanos son criaturas frágiles. Un corte en una arteria y... Joder, ni siquiera puedo pensarlo.

Luego está el tema del ex. Creo que lo tengo bajo control, pero si mi lobo pensara que hay alguna amenaza, aun leve, los resultados podrían ser mortales.

Me aclaro la garganta mientras Sadie se pasea por la habitación.

—¿Está bien si uso la ducha? —digo.

—Sí, por supuesto. Ve a por ello. —Ella me da el tipo de sonrisa que ilumina una sala, y mi corazón cae del acantilado hacia *Sadieland*.

Entro al baño y me quito la ropa. Me sentiré mejor una vez que me haya frotado pensando en mi hermosa...

No, no es mía.

No es mi nada.

Es una misión. Una misión que *no* voy *a* arruinar.

Pongo el agua completamente fría y me meto bajo el rocío helado. Cualquier cosa para someter esta furiosa lujuria a flor de piel, que no hace mella en el infierno que es mi cuerpo. Llevo mis dedos, todavía cubiertos de su aroma, a mi nariz e inhalo profundamente. Mi polla sobresale, se balancea, y la agarro firmemente, reproduciendo el increíble sonido que Sadie soltó cuando la llevé al orgasmo.

Dulce Sadie.

Mi hermosa humana.

No, no...

La mía, dice el lobo enfurecido.

Y lo dejo. Solo por un momento. Las luces ya bailan

detrás de mis ojos, mis muslos ya empiezan a temblar. Ahogo un rugido que sale en estampida de mi garganta y me corro por todos los lujosos azulejos.

Maldita sea, solo me siento ligeramente aliviado.

La necesidad de Sadie Díaz me consume.

Capítulo Nueve

Sadie

Llevo un vestido y tacones para la fiesta. Una vez que he domesticado mi cabello y me he puesto mis perlas, me veo más presentable, pero mis mejillas todavía tienen ese rubor del orgasmo. Deke se puso una camisa blanca fresca y un bonito par de vaqueros negros. Lleva una camisa de manga corta sobre la camiseta, que se deja sin meter en los pantalones. Creo que esta es su versión de disfrazarse. Con su enorme tamaño y tatuajes, todavía se las arregla para verse tan peligroso como cuando se viste de cueros. No me quejo. Deke se parece al hermano más salvaje y peligroso de James Dean, y me excita. Los pezones se me ponen duros debajo del corpiño de mi vestido, así que agrego un cárdigan elegante, por las dudas.

Los miembros de mediana edad de la familia de Geoff y de Jenn nos miran de reojo cuando entramos en la reunión. Hago caso omiso de las cejas levantadas y me dirijo a la esquina donde la novia tiene la corte.

—¡Sadie! —Jenn grita extendiendo los brazos. La copa

de champán en su mano se inclina, pero está más de la mitad vacía.

—Estás radiante —jadea su hermana Brigit. El resto de las damas de honor, medio achispadas, se vuelve para mirar.

—Tú también —le digo a Jenn y me inclino para abrazarla. Nos alejamos y nos besamos al aire—. Te ves tan hermosa.

—¡Tú también! —Jenn chilla. Lleva en un dedo una gigantesca piedra preciosa rodeada de diamantes cegadores. Suelto unos Ooh y ah por el anillo de compromiso el tiempo necesario. Cuesta más que su Jeep Wrangler.

—¿Y tú quién eres? —Laura, la prima mayor de Jenn, pregunta mirando a Deke. Laura no es una dama de honor, pero por la forma en que mira a Deke, aprecia sus anchos hombros tanto como yo.

—Oh. —Doy un paso atrás y pongo mi mano sobre el brazo de Deke, reclamándole—. Señoritas, él es Deke. Es mi acompañante para el fin de semana. —Ensayé esto en mi cabeza. No es un novio, no es un amigo, no es un compañero. Pero "acompañante" transmite el mensaje.

—Hola, Deke —las mujeres intercambian miradas cómplices.

Brigit me da un codazo, moviendo las cejas con aprobación.

Jenn se aclara la garganta.

—¿Champán?

Tomo una copa y Deke rechaza amablemente la oferta.

—Felicitaciones —le dice bruscamente a Jenn y ella se sonroja felizmente.

—Gracias. ¿Cómo conociste a Sadie?

Abro la boca, nerviosa. Antes de soltar algo al azar, Deke pone una mano en la parte baja de mi espalda, apoyándome.

—Nos conocimos en Taos, en la plaza. El destino nos unió —responde. Mira a su alrededor como si desafiara a alguien a contradecirla—. Estaba destinado a pasar.

Las damas de honor quedan embelesadas.

Algo se aprieta en mi pecho. El deseo de que todo sea verdad y no una invención.

—Eso es tan maravilloso. —Brigit me guiña un ojo—. Guau —dice. Asiento y bebo mi champán serenamente mientras Deke está detrás de mí como mi fuerte y silencioso respaldo.

Jenn me lleva a un lado a la primera oportunidad que tiene.

—Sadie, lo siento mucho. Pensé que todavía estabas con Scott.

—No, está bien. Rompimos hace un tiempo. No quería largarte el rollo mientras planeabas la boda —le digo—. Lo siento, supongo que esperé que Geoff te lo dijera.

—Oh, cariño, vale. Asumí que estabas con Scott y te emparejé con él para toda la ceremonia. Oh, no —su mano vuela a su boca—. ¿Estáis en la misma habitación?

—No, llamé al hotel y conseguí mi propia habitación —le aseguro—. Está bien. No te preocupes por mí. Este es tu gran fin de semana.

—¡Lo sé! —grita y levanta los brazos. El brillo de diamantes en su dedo le llama la atención y extiende su mano para mirar con adoración su anillo.

Trato de no preocuparme por los mensajes contradictorios que implicará cuando Scott me lleve al altar. Pero luego miro a Deke y apenas me importa.

A pocos metros de distancia, la bandada de damas de honor suelta carcajadas. Miro y Deke está allí, su alta figura se eleva sobre las entusiastas mujeres, sus ojos están puestos en mí, no en ellas. Como si estuviera listo para intervenir y protegerme en caso de que Jenn me agrediera repentinamente. Él asiente con la cabeza, y yo le devuelvo la sonrisa, sintiendo calor por dentro.

Deke está aquí. Todo irá bien.

* * *

Deke

Huelo a Douchebag Cologne y sofoco la tos.

Me alejo de las achispadas mujeres sin decir una palabra, pero una de ellas me dice:

—¡Vuelve pronto! —a mis espaldas. Como si alguna vez mirara a otra mujer cuando tengo a Sadie.

Me acerco a Sadie y la engancho con el brazo.

—Te eché de menos, nena —murmuro y la humana con la que parlotea, la novia, me da una gran sonrisa.

—Ay, yo también —dice Sadie.

—Sois tan lindos juntos —suspira la novia—. Lo que me recuerda, debería ir a ver qué está haciendo mi chico. ¿Nos vemos en la cena?

—Sí —Sadie está de acuerdo y mantengo mi expresión en blanco. Supongo que tenemos que comer alguna vez, pero mi lobo ya está nervioso en este lugar confinado. Hay demasiada gente aquí. Demasiado ruido. Mi lobo quiere que arrastre a Sadie arriba y me deleite con su coño.

La novia se aleja y Sadie me empuja en el costado.

—¿Le viste?

Ella se refiere a Scott y su nuevo caramelo en el brazo.

—Sí.

—Oh, Dios mío —susurra—. Realmente está saliendo con alguien.

—O está pagando por su compañía.

Sadie arruga la nariz.

—¿En serio?

—Sí.

Cuando se ríe, mi lobo se acicala un poco. Estoy tan jodidamente contento de que a ella no le importe una mierda ese tipo.

Al otro lado de la sala, Scott nos ve y se dirige a nosotros. Acerco a Sadie.

—¿Qué pasa con los labios de ella? Parece que la ha picado una abeja —pregunto.

—Esos no son naturales. Hay bastante relleno allí —me susurra Sadie.

Ella bebe su champán, subrepticiamente viendo acercarse a su ex.

—No puedo creer que haya pagado por una cita. No tiene la mitad de su edad. Uf, ¿qué vi en Scott?

—No tengo ni puta idea.

—Sadie. —Scott finalmente llega frente a nosotros. Me pregunto brevemente si Sadie protestaría si le quitara la sonrisa de la cara—. Ella es Elana.

Elana me mira de arriba abajo y se inclina para mostrar su escote mientras ofrece su mano.

—Encantada —dice con voz ronca.

Le doy un gesto de asentimiento a Elana y dejo que Sadie le estreche la mano.

—Es un placer conocerte —dice Sadie dulcemente—. Probablemente escuchaste que Scott y yo rompimos hace un mes. Estoy muy contenta de que haya encontrado a alguien.

—Tu pérdida, mi ganancia —dice Elana.

—Definitivamente. —Sadie parece aliviada—. Solo para advertirte, la novia pensó que Scott y yo todavía estábamos juntos, así que nos verás juntos durante la boda. Pero Scott es todo tuyo. —Sadie levanta las manos en dirección a Scott como si lo estuviera alejando—. No lo quiero *en absoluto*.

—Entendido —dice Elana.

—¡Bien! Todos podemos ser civilizados. No quiero incomodidades.

—Oh, creo que todos podemos llevarnos bien —Elana me guiña un ojo.

Sadie se da cuenta y se acerca más a mí. Me encanta. Me está reclamando. Puede que no parezca una hembra alfa, pero tiene el potencial.

—Lo que sea que le ponga las cosas fáciles a *Sadie* —digo con énfasis adicional en su nombre—. Ella es mi prioridad.

—Oh, eres tan dulce —dice Elana y se vuelve hacia Sadie. —Parece que tienes uno bueno.

—Sí. Oye, ¿quieres champán? —Sadie saluda a Brigit para que le dé una copa a Elana.

—Absolutamente. —Elana se ilumina—. Me encantaría.

Scott se queda de pie con una media mueca en su rostro. Si esperaba una pelea de gatas entre Sadie y Elana, no la hubo.

—Por las bodas —Sadie y Elana brindan y tintinean copas.

—¿Cómo están todos? —Una mujer demasiado perfumada se inserta en nuestro grupo. A mi lado, Sadie se pone rígida.

—Sadie, ¿eres tú? —La mujer es de mediana edad con cabello rubio batido. Ella se inclina para invitar a Sadie a darle un beso en la mejilla y una ola de su intenso perfume casi me noquea. Agacho la cabeza y giro, queriendo enterrar mi cara en el cabello de Sadie, para poder respirar limpiamente. Mi lobo gime.

—Señora Atkins —dice Sadie cortésmente. Besa a la mujer en la mejilla y se retira, acercándose a mí. Agarro su mano y ella la aprieta.

—Oh, llámame Lacy, eres prácticamente familia. Y Scott, ahí estás —le hace señas y también recibe un beso en la mejilla—. ¿Y quiénes son ellos? Mira primero a Elana, luego a mí.

—Lacy, este es Deke. Es mi cita para el fin de semana —dice Sadie—. Deke, ella es la mamá de Jenn.

Scott sigue rápidamente, presentando su cita.

Lacy frunce el ceño.

—Oh, ¿ ya no estáis juntos? ¡Qué vergüenza, Sadie, dejar escapar a nuestro Scott! —Ella golpea a Scott en el pecho—. Iba a asegurarme de que tuvieras un lugar prioritario en el lanzamiento del ramo. Pensé que seríais los siguientes.

Sadie hace una mueca. La voz de Lacy es tan fuerte como su perfume, por lo que otros invitados se están volviendo a mirarnos. Parpadeo para evitar que me lloren los ojos.

—¿Qué pasa aquí? —Llega un hombre alto y delgado con una expresión de aburrimiento permanentemente en su rostro. Se detiene junto a Lacy, quien se vuelve para informarle—: ¿Te acuerdas de Scott y Sadie, George? Estas son sus parejas ahora.

El hombre se vuelve hacia mí.

—¿Y tú a qué dedicas?

—Trabajo en seguridad. —Mantengo mi mano sosteniendo la de Sadie. No es que este tipo vaya a extender su mano.

—¿Eres el guardaespaldas de Sadie? —El hombre se las arregla para mirarnos a los dos, a pesar de que es más bajo que yo.

—No, aunque podría serlo —se ríe Sadie falsamente. Puedo oler su tensión—. Estuvo en el ejército y ahora es dueño de una empresa de seguridad.

—Ah, una *start up* —dice el hombre despectivamente.

Me encojo de hombros.

—Si los contratos gubernamentales multimillonarios son para empresas nuevas.

Los ojos del tipo se abren.

—Tengo treinta empleados, en todo el mundo. —Odio dar información, pero esto es para Sadie. Nadie la va a humillar. En este estúpido concurso de medición de pollas, el tamaño importa. El tamaño de nuestra empresa.

George me considera con un repentino respeto recién descubierto.

—¿Treinta empleados? No lo sabía —dice Sadie, mirándome impresionada.

Los ojos de Lacy se entrecierran.

—¿No lo sabías?

—Nos acabamos de conocer. —Sadie suena a la defensiva, y desearía poder decirle que se relaje. Estas personas no importan.

—¿Tu padre sabe sobre esto? —George le pregunta a Sadie, y ella presiona sus labios juntos. No sé por qué el comentario la molesta pero tomo nota para averiguarlo. Y para pasar la información de este George a los hackers de la empresa, para ver si oculta algo. De esa manera, si George vuelve a molestar a Sadie, puedo aplastarlo.

—El señor Díaz y yo todavía almorzamos mensualmente —dice Scott—. Me ha dado información invaluable sobre el proyecto Denson. —Él y George comienzan a hablar sobre permisos y zonificación, mientras nos incomoda al resto de nosotros.

—¿Has mirado el folleto del resort? —Sadie le pregunta

a Lacy, en un intento de cambiar de tema—. Hay todo tipo de actividades divertidas disponibles en el complejo. ¡Hay una tirolesa y todo!

Elana parece aburrida. Lacy se vuelve hacia mí:

—Supongo que no te gustaría unirte a mí para el yoga matutino. ¿No? Es al aire libre en la cubierta inferior.

Guau. No la vi venir. El mujer está al acecho.

—Oh, no estoy segura de que sea cosa de Deke —dice Sadie, tratando de salvarme. Le aprieto la mano.

—Si Sadie quiere ir, me sentiría honrado de asistir.

—¿Estás seguro? —Lacy pregunta de una manera que sé que esto es una prueba—. Es bastante temprano a la mañana.

Me encojo de hombros,

—No puede ser peor que el entrenamiento básico militar.

—Ah, sí, eras militar. ¿Qué rama?

—Ejército, señora —le digo—. Fuerzas especiales.

—Bueno, sabes que tiene disciplina —le dice a Sadie con un toque agradecido en su voz.

Sí. Apenas la disciplina suficiente para evitar cargarme a Sadie al hombro y llevarla a nuestra habitación.

—Y amo a un hombre en uniforme. —Lacy se endereza ligeramente de una manera que empuja sus tetas—. Encantada de conocerte, Deke. Esperamos verte mañana por la mañana.

—Oíd, todos —llama Brigit desde el frente de la sala—. ¿Podéis prestar atención? El comedor está listo para recibirnos.

Los invitados comienzan a salir de la sala, pero Sadie y yo nos contenemos. No lo muestro, pero estoy nervioso como el infierno. El último lugar al que quiero ir es a otro aún más estrechos con estas personas. Esto es lo máximo que he hablado con humanos en años, y mi lobo quiere desesperadamente follar o luchar para aliviar la tensión.

—Oh, Dios mío —murmura Sadie—. Eso fue horrible. Lo siento mucho.

—Nena. —Ella es tan jodidamente dulce. No quiero que se preocupe por mí. Solo quiero que deje de preocuparse por todo.

Cuando comenzamos a seguir a los demás que se dirigen al comedor, ella me lleva por un pasillo lateral tenuemente iluminado con apliques elegantes, que deben ser decorativos porque hacen un pésimo trabajo en echar luz.

—¿Estás bien? Sé que no te gustan las multitudes.

Me quedo quieto.

—¿Notaste eso? —Joder, no estoy ejecutando tan bien esta misión como esperaba.

Ella asiente, sus cálidos ojos marrones estudian mi rostro con compasión.

—¿Es por trastorno de estrés postraumático? —pregunta suavemente.

Me froto una mano sobre la cara.

—Sí. —Vamos con eso. Odio mentirle, pero revelarle a Sadie que soy un hombre lobo que no puede mantener a su animal bajo control obviamente no es posible.

Ella prueba una puerta y la abre. Es una sala de reuniones, sin luz y vacía.

—Ven aquí. —Me mete adentro.

—Estoy bien, nena. —Odio que se preocupe por mí. Se supone que debo hacerle los favores. Pero luego me desabotona los pantalones vaqueros y el calor repentino explota debajo de mi cintura.

—Déjame ayudar a aliviar la tensión. —Cuando se pone de rodillas, pierdo todo pensamiento racional—. Es lo menos que puedo hacer después de lo que hiciste por mí.

—Sadie —me ahogo, pero mi mano ya está en su cabello oscuro y grueso. Soy incapaz de decirle que no tiene que hacerlo y rechazar el placer que tan generosamente me ofrece.

Llibera mi erección y me sonríe mientras la sujeta. Nunca he tenido una vista tan hermosa en mi vida.

Se toma su tiempo girando la lengua alrededor de la cabeza de mi polla; mi espalda golpea la pared detrás de mí con un ruido sordo, me tiemblan las piernas. Llamaradas de calor por todas partes.

Milagrosamente, no siento esa agresividad sin sentido que sentía antes, cuando estaba encima de ella. Esa sensación como si mis caninos estuvieran a punto de descender para marcarla para siempre como mía. Mi lobo parece dispuesto a recibir.

Todo este momento es un regalo.

Mi corazón martillea bajo la nueva camisa que compré para este fin de semana. La respiración se me entrecorta mientras mi polla se estira y se arquea, más dura que el mármol debajo de su lengua. Sadie levanta su cálida mirada marrón hacia la mía mientras los suaves labios se separan para llevarme a su boca.

Me ahogo con un gemido. Mi puño en su cabello se aprieta.

—Oh, cielos, Sadie. Esto es tan bueno.

Se retira un poco para luego llevarme más profundamente. Repite la acción varias veces. Mis muslos tiemblan más fuerte. No ayudo ni guío su cabeza, solo la dejo conducir, humillado por su dulzura. Esta humana lo es todo.

Amable, hermosa, adorablemente divertida. A pesar de que estar con ella es una tortura constante, tampoco he sentido esta bendición en años. Posiblemente desde que me uní al Ejército.

Le acaricio la mejilla con el pulgar mientras mueve su cabeza sobre mi polla, llevándome al bolsillo de su mejilla en cortos y deliciosos bombeos. Su lengua aterciopelada se arremolina debajo de mi erección cada vez que me lleva profundo, y sus mejillas se ahuecan cada vez que chupa con fuerza en su camino de regreso.

Me muero de éxtasis.

Quiero que dure así toda la noche, pero ya necesito correrme.

Inclino la cabeza hacia atrás contra la pared y cierro los ojos para detenerme y saborear un poco más de este placer intenso y hedonista.

Sadie sigue trabajando mi polla como una campeona. La maestra de jardín de pronto se ha transformado en una estrella del porno, y quiero tumbarla sobre su espalda y...

No.

No, eso no.

No puedo reclamarla.

No puedo reclamarla, pero definitivamente pondré mi boca en ella y le devolveré este favor antes de que termine la noche. La haré gritar tan fuerte hasta que las paredes del resort tiemblen y las luces estallen.

—Sadie —me ahogo. La mecha que encendió en mi orgasmo arde demasiado deprisa. El calor aumenta en mi coxis. Mis bolas se tensan—. Sadie, voy a correrme —le advierto con un gruñido gutural.

Pero no se detiene. Va más deprisa, chupa más fuerte, sus hermosos ojos de sierva se elevan hacia los míos como si quisiera ver mi cara cuando me deshaga de mi carga. No es mi intención, pero mi control se rompe. Agarro su cabeza con ambas manos y le follo la boca, una, dos, tres veces. En la cuarta, me libero en su garganta.

Se queda quieta para ello.

Traga.

La dulce Sadie traga. Increíble.

—Lo siento —digo, dándome cuenta de lo irrespetuoso que he sido. Le suelto la cabeza abruptamente, pero no se mueve. Chupa mi polla, limpiándome y tragando de nuevo, sus ojos bailan con su propio placer por lo que ha hecho.

Le acaricio la cara, masajeo instintivamente sus oídos, olvidando que no es una loba.

—Cielos —respiro—. Eso fue increíble, Sadie.

—¿Lo fue? —Se limpia la boca mientras guardo mi polla y la ayudo a ponerse de pie.

—Eres increíble. —No puedo evitar decir cada pensamiento que llega a mi cerebro—. La mejor mamada de mi vida.

—Lo dudo. —Su risa es ronca y complacida.

—Juro por el destino.

—¿Por el destino? —Ladea la cabeza, su mirada curiosa viaja sobre mi cara.

Ups.

Tiro de su cuerpo contra el mío.

—Quiero decir por Dios. —Me encojo de hombros—. El destino es una palabra que mi familia solía usar. —No puedo mentirle más—. Mis padres son hippies, amantes de la naturaleza en Vermont —me encuentro diciéndole, a pesar de que no he hablado de mis padres en años—. Pacifistas. Odiaron que me uniera al ejército.

—Gracias por tu servicio militar, Deke —murmura.

—Joder, eres dulce. —Acaricio la hermosa línea de su mejilla con mi pulgar y bajo la cabeza para darle un beso.

Mis labios rozan ligeramente los suyos. Mi agresividad ha desaparecido, aliviada por el increíble orgasmo.

Sadie se pone de puntillas para devolverme el beso.

La agresividad vuelve. Sujeto la parte posterior de su cabeza para mantenerla en su lugar, mis labios se inclinan sobre los suyos con más insistencia. Le lamo la boca. La reclamo.

Las voces suenan desde el pasillo: dos invitados hablan de la boda cuando pasan.

Sadie retrocede con una sonrisa.

—Deberíamos ir allí.

—Sí. —No quiero moverme—. Prefiero llevarte arriba y devolverte el favor.

Ella presiona su cuerpo contra el mío.

—Ser mi cita es tu favor —me recuerda con la voz más sexy que he escuchado—. Esta fue mi paga.

—Vale, entonces. —Agacho la cabeza para murmurarle al oído—: Pero voy a necesitar una cosa más.

—¿Qué es?

—Quítate las bragas.

Sus ojos se dilatan y el aroma de su excitación llena mis fosas nasales.

—¿Qué? ¿Aquí?

—Um, sí. Te quiero desnuda allí y pensando en mi boca en tu sexo toda la noche. Anticipando lo que vas a obtener cuando te lleve de vuelta a esa habitación.

Un escalofrío la recorre y su delicioso aroma aumenta. Mira hacia la puerta del pasillo. Podemos escuchar a más invitados riendo y hablando más allá del pasillo, pero el sonido se disipa como si se la gente se estuviera alejando. Mi audición de cambiante me alerta de cualquiera que pueda interrumpirnos. No dejaré que nadie nos atrape, pero Sadie no lo sabe, y no se lo digo. La emoción es la mitad de la diversión.

—Mejor hazlo rápido. Alguien podría venir a buscarnos —bromeo.

—Oh, Dios. —Se saca las bragas. Tengo un destello de su pierna desnuda y luego su falda vuelve a caer en su lugar. Tiene mejillas de color rosa brillante, del mismo color que sus bragas.

Saco la mano para que las ponga en ella. Después de un segundo de vacilación, deja caer el pequeño trozo de encaje sedoso en mi gran palma. Mi polla palpita. Cierro el puño, luchando contra el impulso de tener más.

—¿Deke? —Me mira confiada.

Meto sus bragas en mi bolsillo.

—Vamos, nena. —Reclamo su mano y la llevo hacia la fiesta.

—Oh, Dios mío —susurra. Mientras caminamos por el pasillo, sigue girando la cabeza para revisar su trasero, como si temiera que su vestido estuviera por la espalda.

—No te preocupes por eso. —Me detengo justo antes de salir del pasillo y alisar una mano por su trasero con el pretexto de acomodarle lafalda—. No dejaré que muestres el culo. —Mi lobo felizmente eliminaría a cualquier hombre que haya visto a Sadie desnuda. Estaré en guardia toda la noche, solo para asegurarme de que nadie se le acerque.

Nadie toca a Sadie, nadie más que yo.

Le doy una palmada en el trasero desnudo debajo de la tela del vestido y lo aprieto.

—Oh, Dios —dice Sadie de nuevo.

—Sé una buena chica —le digo—. Y más tarde te daré tu recompensa.

Capítulo Diez

adie

S No sé cómo llego a la cena. Siento que hay un letrero de neón gigante sobre mi cabeza. *SADIE DÍAZ NO LLEVA BRAGAS.*

Deke es el único que lo sabe. Y cuanto más se extienden la cena y las bebidas, él más se muere por hacer algo al respecto, puedo decirlo.

Es la primera vez en mi vida que siento poder sexual. Verle deshacerse con la mamada lo logró. Ahora recibo de él miradas acaloradas y gruñidos bajos. Cuando me inclino para reírme de un comentario de un invitado más allá de nosotros, rozo mis pechos contra su brazo. Su *brazo duro y musculoso.*

Sin embargo, la broma es para mí, porque mis pezones están duros debajo del vestido.

También le froto mi pie contra su larga pierna. La mueve, plantándola frente a mí. Luego pone su mano sobre mi rodilla y desliza lentamente sus dedos por mi muslo. Mi vientre se estremece en un jadeo. Me temo que gritaré si llega al ápice, así que agarro su muñeca justo a tiempo. Su mano es tan grande que sus largos dedos están a pocos centímetros de mi coño. Mi coño desnudo.

Mi aliento se entrecorta. Estouy encendida.

A mi lado, la ceja de Deke se mueve ligeramente, pero aparte de eso, no da señales de estar a punto de tocarme aquí mismo, ahora, justo durante la cena. Mientras tanto, soy un desastre de excitación. A diferencia de Deke, no tengo un modo de sigilo para la seducción.

—¿Estás bien, Sadie? —Brigit pregunta desde el otro lado de la mesa—. Te ves un poco agitada.

—Sí... Bien —balbuceo y levanto mi copa—. Demasiado champán. Podría ir a buscar un poco de agua.

—Tienes agua ahí mismo —señala Elana.

—Oh, claro —la agarro y me levanto—. Me refería al aire. Necesito aire —anuncio a todos y me alejo de la mesa. Cojo el cárdigan que me quité y colgué en el respaldo de mi silla para cenar. También me aseguro de acomodarme la falda mientras salgo al balcón, en caso de que se haya movido.

La noche es perfecta. Mis talones repiquetean en la madera de la cubierta. No estoy vestida para quedarme aquí mucho tiempo, pero de momento, el aire frío y el cielo estrellado son lo que necesito. Respiro hondo.

Entonces una sombra cae a mi lado. De alguna manera, Deke me siguió sin que yo lo advirtiera. Sus grandes botas no hacen ruido en la cubierta de madera. Modo sigiloso total.

Miro alrededor, pero nadie adentro se dio cuenta de que se ha escapado aquí conmigo, siguen sentados a la mesa, hablando y riendo entre ellos.

—Tú —acuso.

—Yo. —Me hace retroceder hasta la baranda del balcón, donde me inclina y me besa.

El calor recorre mi cuerpo, embriagador y potente, como si hubiera bebido un trago de whisky. Las estrellas giran sobre mi cabeza cuando me alejo para jadear.

—Deke. Alguien podría vernos.

—Vamos a ver —gruñe. El rastrojo áspero en su mandíbula me raspa la mejilla—. ¿No es por eso que estoy aquí? ¿Para montar un espectáculo?

Siento un destello de decepción. Recuerdo que no es una cita real.

Solo que, maldita sea, se siente tan real. ¿Es todo falso para él?

—Tienes razón —respondo, actuando tan tranquila como puedo—. Mejor bésame de nuevo.

—Oh, voy a hacer más que eso.

Entonces me lleva a las sombras más profundas. Caminamos a lo largo de la cubierta trasera, bajamos las escaleras hacia un rincón escondido que tiene una vista impresionante de la cordillera. El sábado, la novia se casará con estas montañas como telón de fondo. Pero esta noche son como gigantes oscuros y somnolientos, con sus laderas rocosas semicubiertas de pinos.

Sigo a Deke porque tiene un plan, pero me detengo un momento para disfrutar de la vista.

—Es hermoso aquí —susurro. Tiemblo porque el calor que traje afuera conmigo se ha disipado y solo llevo un cárdigan para este frío.

Deke se encoge de hombros y me rodea, ignorando mis protestas por la friolera. Su camisa blanca brilla en la oscuridad. Me tira contra su gran pecho.

—Deberíamos volver a entrar —le digo, a pesar de que ahora se siente cálido y acogedor, envuelta en su camisa y brazos—. Te vas a congelar.

Se ríe, como si la idea de que tuviera frío fuera una broma.

—Tú me mantendrás caliente —dice y me gira para mirar hacia las montañas. Sus brazos se deslizan alrededor de mí y me apoyo de espaladas a su pecho.

—No estoy tan caliente. Llevo un vestido *sin bragas* —le recuerdo. A juzgar por la gigantesca erección que me toca el trasero, no ha olvidado la parte *sin bragas*.

—Mmmm. —Me acaricia el cuello—. Debes de estar lista para tu recompensa. —Sus labios rozan mi oreja—. Pon tus manos en la barandilla.

Me inclino hacia adelante para obedecerle.

Cuando me levanta la falda, ráfagas de aire gélido pasan por mi trasero desnudo y todo mi cuerpo se cubre de piel de gallina. Sus dedos me acarician el culo, deslizándose sobre la piel helada, explorando.

Alterno el peso de un pie a otro, todavía manteniendo la posición, excitada pero nerviosa.

—Alguien podría venir a buscarnos —susurro por encima del hombro.

—No dejaré que nadie te vea —promete. Sus grandes manos cubren mis nalgas, apretando y ofreciendo un poco de calor—. Además, a nadie le importa.

—Te garantizo que a Scott le importa —digo, inmediatamente me maldigo por nombrarle.

—Voy a hacer que le olvides —dice Deke, y suena como un juramento.

Roza la punta de su dedo entre mis piernas.

—Olvidado.

Me presiona hacia adelante, quedo apoyada en la barandilla mientras él me acaricia la espalda. Baja para encontrar y acariciar mis labios vaginales con dedos suaves. Me levanto de puntillas, pero su otra mano mantiene mis caderas firmes, así que no puedo escapar. Estoy inclinada con el culo sobresaliendo en exhibición, expuesto y ofrecido a este chico travieso.

—Me estás convirtiendo en una chica mala —respiro.

Sus dedos se detienen.

—No lo creo. Creo que siempre has sido mala.

Saca su mano de entre mis piernas para darle una bofetada a mi trasero. Me quedo sin aliento. El sonido parece reverberar en el aire inmóvil. Mi corazón palpita y me congelo, escuchando con atención como si el sonido fuera a resonar en las montañas. Pero no es así, y Deke recompensa mi valentía con más fricción en mi coño.

—Me chupaste la polla como una estrella del porno. Creo que tienes una verdadera racha de osadía. —Sus dedos continúan agitándose entre mis pliegues, alternando con algunos asaltos fuertes que parecen expandir la excitación a través de mí. Luego vuelve a acariciarme hasta el orgasmo.

Estoy de puntillas, frotándome en sus dedos, con la luz nebulosa de la Vía Láctea ondulando sobre mi cabeza, entre las montañas y el horizonte que nos envuelve como una bufanda tachonada de diamantes. Ráfagas de viento frío me acarician la cara, pero acurrucada profundamente en la camisa de Deke y su aroma, el frío no puede tocarme.

—Eso es todo, toma —ordena Deke, acariciando el clítoris mientras desliza un dedo grueso dentro de mí—. Toma tu placer, cariño, tómalo.

Retuerzo las caderas buscando el ángulo correcto para más estimulación.

—Joder —murmura Deke—. Tengo que probarte. —Se arrodilla detrás, me separa las piernas y pone su boca sobre mí. Su rastrojo rasca mis muslos internos mientras su lengua busca mis pliegues secretos. Inclinada hacia adelante, clavo las manos en la barandilla, empujando mi trasero hacia atrás, mientras trato de montar su cara. No es el mejor ángulo, es un poco ridículo, y no me importa.

Él gruñe enterrando su cara entre mis piernas, sosteniendo mis caderas, medio levantándome del suelo.

—Joder —dice otra vez, y me gira hacia él, apoyándome en la parte superior de la barandilla de la cubierta al mismo tiempo. Luego su cabeza oscura se vuelve a meter entre mis piernas, la falda se repliega sobre mi vientre, amontonada alrededor de las caderas. Mis manos se aferran a la barandilla, pero Deke me sostiene, de alguna manera estabilizando mis piernas mientras me devora. Apoyo los muslos sobre sus anchos hombros, su lengua está *justo allí*, y *oh, qué delicia...*

Llego al orgasmo, el placer se expande y me hace inclinarme doblemente sobre su cabeza, que la sacude raspándome la piel sensible de los muslos internos con la barba incipiente de sus mejillas antes de asaltar mi coño nuevamente. La sensación del roce es levemente dolorosa, pero mis abdominales se contraen con otra oleada de placer. Y luego me rindo, me quedo laxa, totalmente aliviada. Deke me sujeta, por supuesto, y me carga en sus brazos.

Escucho pasos y voces fuertes en la cubierta superior, pero me encuentro demasiado extasiada como para preocuparme. Dejo que mi cabeza se caiga en su hombro mientras Deke me lleva por las escaleras de la cubierta rápidamente y hacia una entrada lateral para regresar al complejo.

Escucho una risita sorprendida de alguien que nos ve, pero no sé quién es.

—Demasiado champán —Deke le suelta la explicación por encima del hombro. Me despido en la dirección general de quien sea y me río contra la camisa de Deke, mientras me lleva por el umbral como a una novia.

* * *

Deke

Me cuesta no gruñirle a cada persona con que nos topamos de camino a la habitación. Mi lobo está muy contento de haber provocado que Sadie llegara al clímax, sin embargo, la necesidad de reclamarla es aún más imperiosa, especialmente con tanta gente alrededor.

Sadie acurruca la cabeza contra mi cuello mientras la cargo, con la respiración uniforme y calma. Debe de estar somnolienta y relajada tras el orgasmo.

Deposita el paquete y vete. El pensamiento me recuerda la orden de mi alfa, Rafe. *La disciplina es lo único que nos mantiene alejados de la locura lunar.*

Abro la puerta de nuestra habitación y pongo a Sadie de pie, dándole una ligera palmanda en el trasero.

—Necesito tomar un poco de aire fresco —le digo.

Parpadea hacia mí sorprendida y vislumbro algo de dolor en su expresión.

—Venimos de afuera.

—Lo sé. Necesito salir a correr. Es, ah, por el trastorno de estrés postraumático. Me pongo inquieto y correr me ayuda a dormir.

Joder, me siento como el imbécil más grande por mentirle.

La compasión se apodera de sus facciones y ella se acerca para tocarme la cara. Tomo su mano y la llevo a mis labios antes de que pueda evitarlo. Su expresión se suaviza aún más.

—¿Estás bien? ¿Estás bien aquí? —le pregunto.

—Sí, por supuesto. Entiendo.

Menos mal. Me pongo un par de pantalones cortos deportivos con los que había planeado dormir, pero no tengo zapatillas para correr, lo cual es un poco sospechoso. Me conformo con quitarme los zapatos.

Sadie sale del baño donde se lavó la cara y se cepilló los dientes. Sus ojos se abren de par en par cuando ve mi atuendo para correr.

—¡Oh! ¿Eres uno de esos corredores que van descalzos?

No sabía que existía tal cosa, pero asiento. No es mentira.

—Guau. Eso es increíble —respira—. He oído hablar de ello, y entiendo la teoría detrás, pero me sorprende.

Como no tengo ni idea de las teorías detrás, me muevo y dejo caer un ligero beso en su frente.

—No me esperes levantada.

—¡Oh! Um, vale.

Me dirijo a la puerta.

—Puedes dormir en la cama conmigo cuando vuelvas —suena casi tímida al ofrercerlo.

—Cariño. —No quiero decirle que no, pero dormir a su lado definitivamente no es una opción. No si quiero mantenerla a salvo de mí.

De hecho, no planeo volver a esta habitación hasta que la noche haya terminado, y me haya agotado.

Salgo antes de que me tiente a quedarme más tiempo y me dirijo al exterior. Encuentro una ruta de senderismo que sigo lejos del complejo, hasta que sea seguro desnudarme y transformarme en mi animal.

Luego voy hacia la montaña, huyendo de Sadie. Huyendo de mí mismo. Corriendo hasta que esté convencido de que es seguro regresar.

Capítulo Once

Sadie

Me despierto en una cama caliente. Ya es de mañana, el lado de Deke está vacío. En su almohada hay una nota que dice "Me he ido a correr otra vez. Nos vemos en la clase de yoga".

Esperaba una continuación de nuestras aventuras sexuales anoche, pero no escuché que Deke regresara a la habitación.

Qué pena.

Me levanto para prepararme para la clase. Cuando corro las cortinas, una vista magnífica me saluda. Me siento muy bien, rebosante de energía tras una buena noche de sueño, pues dormí mejor anoche que en semanas. Tal vez no pudimos tener una sesión en la cama, pero es maravilloso tener a Deke aquí.

Hoy va a ser un buen día. Primero yoga, luego tenemos tiempo libre antes de la cena de ensayo de esta noche. Tal vez pueda convencer a Deke para que lo pase conmigo en la cama.

Media hora más tarde, estoy en la terraza delantera con la novia y el resto de las damas. Me sonrojo cuando veo la esquina donde Deke y yo pasamos tiempo anoche. Tengo buenos recuerdos de ese rincón.

—Hola, Sadie —me saluda Brigit cuando desenrollo una esterilla junto a la suya. Vino completamente maquillada y vestida de Lululemon de pies a cabeza. La mayoría de las mujeres usan lo mismo—. ¿Dormiste bien?

—Sí, con este aire de montaña —le digo.

—¿Vas a caminar más tarde? April y yo salimos temprano esta mañana. Fue realmente agradable.

—Deke ya salió a correr —le digo—. Se levantó antes que yo.

—Oh, ¿es de madrugar?

—Um, sí. —Creo que sí. En realidad no tengo idea. No es como si Deke y yo tuviéramos una relación.

—Pregúntale si vio animales silvestres. Vimos un montón de halcones y April cree que vio un lobo.

—Era un lobo gigante —insiste April desde su esterilla al otro lado de Brigit—. No lo vi claramente, pero vi algo. Tenía una gran cola.

—Probablemente fuera un gran coyote. —Brigit suena escéptica y April le saca la lengua a su prima.

—Apuesto a que hay miles de lobos en esta zona —le digo.

—Sí, pero de ninguna manera uno se acercaría tanto al resort —Brigit desliza la última palabra antes de que la instructora comience la clase.

—¿No se supone que Deke debe estar aquí? —Brigit susurra. Jenn y su madre, Lacy, se vuelven de sus lugares para saludarme.

—¡Vaya! —murmura apreciativamente una de las mujeres.

Me doy vuelta para mirar las escaleras de la terraza, donde Deke ha aparecido descalzo por alguna razón, y como atuendo de yoga, se ha puesto un par de pantalones holgados. Pero no importa, no lleva nada más. Tiene el torso desnudo y lleva su camiseta blanca alrededor de sus anchos hombros, cada músculo de su pecho se destaca en hermoso relieve. Debe de haber precalentado corriendo.

—Lo siento, llego tarde —murmura a la instructora de yoga, que parece que le gustaría abandonar nuestra clase para hacer una sesión privada en pareja con Deke.

Hay un coro de murmullos de las damas presentes mientras Deke merodea entre nosotras. Dos mujeres se apresuran a traer una esterilla para él. No queda mucho espacio, así que después de asentir en mi dirección, Deke se acomoda junto a la instructora. Finalmente ella encuentra su voz y comienza la clase; todas fingimos seguirla, aunque en realidad todas miramos a Deke, que todavía no se ha vuelto a poner la camiseta. Hay calentadores encendidos en la terraza que aún no la han calefaccionado tanto, supongo que Deke debe de tener la sangre caliente, y gracias a Santa Teresa, o quien sea la santa patrona del deleite femenino .

Si hubiera sabido lo que escondía debajo de sus camisetas y chaquetas de cuero de James Dean, habría habría eliminado de la faz de la Tierra toda prenda de vestir de Deke, solo para que anduviera desnudo. Cada postura de yoga, le resalta sus músculos, curiosamente su cuerpo es esbelto y elegante, no rígido como el de un culturista de gimnasio. Es una obra de arte y esta mañana todas somos la hermana Wendy, la difunta monja y crítica de arte. Especialmente cuando Deke hace la pose de del guerrero con los pies plantados y los brazos extendidos. Con la cordillera de fondo, parece un modelo de ropa deportiva.

Jenn gira su cabeza hacia mí y dice:

—Joder. —Hasta su madre parece impresionada.

Cuando termina la clase, Deke viene directamente a mi lado y suelta un beso en mis labios, interpretando perfectamente al novio obediente.

—Gran trabajo —le susurro, y él me arquea una ceja, curioso—. Te lo diré más tarde. —Le doy palmaditas en el pecho y luego sigo acariciándole, porque es delicioso.

—¿Queréis uniros a nosotras en en el jacuzzi? —Jenn pregunta—. Vamos para allá. —Luego baja la voz para agregar—: Aunque podría estar Scott. Ya me ha preguntado qué harías hoy.

Hago una mueca.

—Entonces paso. —La verdad es que no podría importarme menos Scott, pero sé que la socialización no se le da bien a Deke, y agradezco tener una excusa para retirarme. Me siento como una dama de honor desleal, pero prefiero pasar tiempo con Deke que con el grupo de la boda.

—¿Tenéis planes para hoy? —Lacy asoma su entrometida cabeza en nuestro círculo.

—Umm —busco en mi cerebro algo que involucre a Deke y a mí con una baja probabilidad de encontrarme con Scott.

—Tengo algunas ideas —dice Deke, poniendo un brazo alrededor de mí.

—Entonces tú decides —me inclino hacia él, sintiendo alivio—. Deke es tan romántico, planea las mejores citas —le anuncio al grupo. Jenn y Brigit sonríen.

—Pero primero, comeremos. Me muero de hambre.

—Tal vez podamos ir de excursión —le susurro a Deke mientras nos dirigimos al restaurante, tratando de liberarle —. Lo que sea, no me importa. Me parece bien abandonar al grupo, Sé que no te gusta.

—No te preocupes —responde sacando su teléfono. Me acompaña surcando la fila del bufé, me acomoda en una mesa de la esquina y luego se excusa para hacer una llamada.

Desafortunadamente, eso me deja abierta a una línea de ataque.

—¿Este asiento está ocupado? —George, el padrastro de Lacy y Jenn, se sienta antes de que pueda decirle que no. Saludan a otra pareja, Jim y John, el hermano de Lacy y su esposo. Para cuando Deke regresa, la mesa está llena de gente.

Lo siento, susurro. Me aprieta el hombro y toma asiento, manteniendo una mano tranquilizadora sobre mí.

—Oh, Sadie, no te puedes comer eso —me regaña Lacy, antes de que pueda llevarme un enorme bocado de panqueques a la boca. Me vienen a la mente los recuerdos de años que pasé jugando en casa de Jen, creciendo con su madre que nos trasladaba todos sus trastornos corporales—. Tantos carbohidratos. —Ella se estremece—. Pero supongo que puedes resolverlo más tarde. Esos niños de jardín de infantes te mantienen alerta, estoy segura.

Dejo el tenedor con un suspiro.

—¿Sigues disfrutando de la enseñanza?

—Sí, me encanta —insisto. Lacy es como la versión femenina de mi padre. Simplemente no hay escapatoria a todos los prejuicios.

—Sé que tu padre esperaba que te dedicaras a la abogacía, como él. Pero al menos puedes encontrar un marido que te mantenga. —Me da unas palmaditas en la mano.

Hago la mueca de una sonrisa mirando mi plato y veo mi salchicha del desayuno en trocitos. Es como una cena con mi papá, donde corto mi comida pero soy incapaz de llevarla a mi estómago. Mi cuerpo está tenso, preparado para luchar o huir, como si las preguntas desubicadas de Lacy fueran una amenaza.

George se vuelve hacia Deke.

—¿Y tú dónde estudiaste?

—Lakewood High —dice Deke, sin perder el ritmo.

—No, me refería a la universidad.

—No fui a la universidad. Me uní al ejército cuando cumplí dieciocho años. No fue mucho después del 11-S y quise servir a mi país. Me habría unido antes si hubiera podido.

Listo. Deke es el héroe total.

Es muy diferente de hombres como George, mi padre y Scott, que solo se centran en sí mismos. Seguir adelante. Aparecer en reuniones.

Deke toma un gran bocado de filete. No tiene problemas para comer.

—Hmmm —dice George—. ¿Piensas tener un título ahora?

—No lo necesito. El ejército me enseñó lo que necesitaba saber. El resto puedo aprenderlo por mi cuenta. —Deke muestra sus dientes y el tenedor de George cae a la mesa.

—Eras de Operaciones Especiales, ¿verdad, Deke? —pregunto fascinada. Sé que no debería revelar lo poco que sé de Deke cuando Lacy recopila la información como una ardilla que recolecta bellotas. Estoy segura de que a la primera que se tope con mi padre en Taos, sacará a relucir todos los trapitos sucios para avergonzarle.

—¿Operaciones especiales en el ejército? ¿Operaciones nocturnas? —George pregunta.

—Algo así —dice Deke.

Es demasiado para mí. Deke ni siquiera es una cita real.

Definitivamente no se merece el acoso de estas personas que ni siquiera están relacionadas conmigo.

—Vale, suficiente de interrogar a mi cita —les digo, usando mi amable pero firme voz de maestra.

Lacy parece sorprendida porque nunca reacciono. Al menos, nunca lo he hecho antes.

Tengo que decir que se siente genial. Liberador. Con Deke apoyándome, es fácil ser valiente.

—¿Has terminado, nena? —Deke me agarra.

—Sí. —Dejo mis cubiertos, más que lista para irme.

—¿Vais a alguna parte? —George pregunta—. ¿Una caminata tal vez?

—No es una caminata —dice Deke—. Tengo algo especial planeado para Sadie. —Él se levanta y yo también.

—Es una sorpresa para mí también —le explico a la mesa, mientras Deke agarra mi chaqueta y me ayuda a meterme en ella—. Pero supongo que necesito mi chaqueta.

—Tienes que abrigarte —Deke está de acuerdo—. Ya casi está aquí.

Y luego lo escucho. El sonido rítmico de las aspas de los helicópteros. Un helicóptero se acerca volando hasta el complejo.

—¿Qué es eso? —Los comensales giran en sus asientos.

—¡Oh, Dios mío! —dice Lacy mientras el helicóptero verde militar se cierne sobre el césped—. ¿Hay algún tipo de ejercicio militar?

—No. Ese es nuestro paseo —anuncia Deke.

—¿Es legal? —George frunce el ceño, mirando por encima de sus gafas. El helicóptero ha aterrizado, pero los grandes rotores aún giran, listos para despegar en cualquier momento.

—Vamos —Deke extiende su mano. Lo agarro, salimos

por las puertas y luego corremos sobre el césped, inclinados hacia el helicóptero.

—¡No puedo creer esto! —grito. El sonido de mi voz es inmediatamente eliminado por el rugido de los rotores.

El piloto en el asiento delantero es un tipo gigantesco con una barba morena tupida. Tiene músculos más grandes que Deke, lo que no pensé que fuera posible.

—¡Este es Teddy! —me grita Deke al oído, para que pueda escucharle con el ruido del helicóptero.

—¡Encantado de conocerte! —grito, y Teddy me sonríe. A pesar de que hace frío, Teddy no lleva una chaqueta, solo pantalones y una camiseta verde militar que muestra sus impresionantes tatuajes y bíceps. Otro malo del mundo de Deke.

Deke me sube al helicóptero y me amarra fuertemente. Mi cabello se volvió loco sobre mi cara, y él se toma un momento para acomodarlo antes de ponerme gafas y un casco en mi cabeza.

—¡Esto es increíble! —grito—. ¡No puedo creerlo! ¿A dónde vamos? —Dudo que pueda oírme por encima del rugido de las aspas del helicóptero.

En lugar de responder, me da un codazo y pasa junto a mí hasta su propio asiento. Una vez que está atado, le da una señal a Teddy y el helicóptero se eleva del césped. Agarro los lados de mi asiento. Se me revuelve el estómago mientras nos alejamos, sobrevolando los terrenos del complejo turístico en dirección al campo. Y entonces, volamos por la cara de la montaña y por encima de ella, dirigiéndonos hacia el norte de la montaña Sangre de Cristo extendida debajo de nosotros en una vista impresionante. Y adelante, nada más que cielo azul, las águilas y nosotros.

Me acerco a Deke y él me agarra de la mano. Nos aferramos el uno al otro mientras Teddy nos inclina de lado a lado, dándonos a ambos una vista de panorámica de Nuevo México. Los edificios y las carreteras parecen juguetes para niños, pequeñas piezas perdidas en el gran desierto. Las carreteras dan paso a kilómetros y kilómetros de mosaicos de colores: los árboles relucen con sus hojas amarillas, entre el verde azulado de los abetos y los pinos. Las cimas de las montañas más altas están cubiertas de nieve muy blanca.

Es tan magnífico que me ahogo. Aprieto la mano de Deke con más fuerza y él me devuelve el apretón. El helicóptero es demasiado ruidoso para que hablemos, pero no necesitamos palabras para compartir este momento.

Finalmente, Teddy baja el helicóptero en la cima de una colina descampada. La hierba se aplana en un amplio círculo, las ramas de los árboles circundantes se agitan salvajemente en el viento artificial.

—¡Esta es nuestra parada! —grita Deke.

Coge una canasta de picnic, que no noté, atada en la parte trasera y viene a ayudarme a levantarme de mi asiento nuevamente. Las ráfagas frías me dan de lleno, pero el aire fresco de la montaña vale la pena. Teddy se toca la frente con dos dedos y los mueve en mi dirección, en silenciosa despedida antes de levantar el helicóptero y volver a volar.

—Volverá —dice Deke. Deja la canasta de picnic y me ayuda a quitarme el casco y las gafas antes de quitarme las suyas.

—¡Esto es una locura! —grito. Hago un giro con los brazos abiertos, como si fuera María en *Sound of Music*. Hierba verde en la cima de la montaña, pájaros cantando, árboles alrededor, la escena es lo bastante espléndida como para estar en una película—. ¡No puedo creer que hayas organizado esto!

Deke extiende la manta de picnic a cuadros rojos y blancos.

—Creo que los invitados a la boda no pueden seguirnos aquí.

—¿Entonces acabas de alquilar un helicóptero? —Sacudo la cabeza mientras me siento en la manta—. Esto es irreal.

—Teddy es un viejo amigo. Hace eso. Él empacó todo esto. —Deke pone una canasta de picnic digna de Yogi Bear a mi lado. Contiene bocadillos, té helado embotellado y todo tipo de *delicatessen*, como uvas, anacardos y una variedad de quesos.

—Oh, mmm. —Me ocupo en organizar nuestra comida mientras Deke se estira a mi lado—. ¿Teddy no quería quedarse para el picnic?

—Teddy se iba a quedar. Su idea original era darnos una serenata.

—¡Ah, eso es tan dulce! ¿Le dijiste que no?

—Teddy toca la gaita. Le dije *joder, no.*

Me cubro la cara y me río.

—Esto es increíble. Dios mío, Deke, es lo mejor que alguien ha hecho por mí. Muchas gracias. —Me muerdo el labio. Quiero acercarme y besarle, pero tan pronto como nuestros labios hagan contacto, sé que voy a querer más. El sexo al aire libre en octubre nunca me ha tentado antes como ahora. Si tuviese la garantía de que el amigo de Deke no regresará, pues si lo hiciera tendría una vista aérea de mí desnuda, lo haría sin dudarlo.

Deke sacude la cabeza como si conociera mis pensamientos.

—Si quieres agradecerme, come algo de esto. —Me entrega el plato de quesos—. Apenas tocaste el desayuno.

Una calidez se extiende a través de mí. *Se dio cuenta.*

¿Quién es este tipo? Es demasiado bueno para ser verdad.

—No tienes que decírmelo dos veces. —Mi estómago gruñe.

—Le dije a Teddy que trajera estas cosas de mujeres. Pensé que te gustarían.

—¿Qué cosas? ¿Bocadillos de oliva? —Extiendo la tapa en una tapa y la sostengo frente a su boca—. Abre —ordeno.

Sacude la cabeza pero obedece.

—Entonces, ¿Teddy es uno de tus amigos del ejército? —pregunto.

—Algo así. —Deke sigue cauteloso, como siempre que habla de su antigua carrera.

—Así que podrías decírmelo, pero entonces tendrías que matarme —bromeo.

Sus labios se retuercen.

—Algo así.

—¿Y preparó todo esto en... una hora?

Deke se encoge de hombros.

—Puede que lo haya preparado.

—Operación Salvar a Sadie —bromeo, y su mejilla se curva por un segundo en una sonrisa sigilosa.

—¿Qué hiciste en el ejército, de todos modos? —pregunto después de haber devorado la mayor parte del plato de quesos, fascinada, aunque sé que no me va a contar nada.

—Hice lo que el Ejército me dijo que hiciera.

Pongo los ojos en blanco.

—Te lo diré —dice, acercándose a mí en la manta de picnic—. Pero tienes que darme algo a cambio.

—No te voy a dar mis bragas —le digo rotundamente, y él echa la cabeza hacia atrás y se ríe. El sonido me calienta de adentro hacia afuera.

Me meto una uva en la boca y disfruto de la rara vista de ver a Deke feliz.

—No —dice Deke cuando termina de reírse—. Estaba pensando más en que me dijeras qué pasa entre tú y tu papá.

Me muerdo el labio y miro hacia otro lado:

—Simplemente nunca le hice feliz.

—¿Es ese tu trabajo? ¿Hacer feliz a tu padre? —Al igual que Deke, fui al corazón del asunto con la menor cantidad de palabras posible.

—Él cree que sí. —Juego con unos anacardos en el plato —. Desde que mi mamá me dejó. Mi mamá no quería dejarme —aclaro—. Finalmente se hartó de mi padre, pero no tenía el dinero para divorciarse de él. Así que se mudó. No dejó que me llevara. Lo intentó, pero mi madre no podía afrontar los honorarios de los abogados. Y yo era solo una niña. No tuve voz. Hubiera ido con ella.

—Vaya, nena —lo resume Deke a su manera tan típica.

—Sí. Sí, horrible. —Tiro los anacardos al bosque para una ardilla de la suerte.

Deke toma mi mano y enhebra sus dedos con los míos.

—Esta boda, esta gente, ¿es el tipo de escena de tu padre?

—Sí. Todo. Jenn y yo crecimos juntas. Lacy y George son amigos suyos.

—No necesitas impresionar a esas personas.

—Lo sé, lo sé, pero...

—No. Deberían estar trabajando para impresionarte.

Dejo que esas palabras se asienten en mí como otra manta caliente.

—Me sentí más valiente contigo a mi lado, Deke — admito—. Soy una buena persona, pero puedo ser un felpudo. Tener mi propio guardaespaldas hace que sea más fácil establecer límites.

Los ojos de Deke brillan verdes a la luz del sol. Él toma la parte posterior de mi cuello y tira de mis labios hacia los suyos. Gimo y le acerco más, inclinando la cabeza para ofrecerle mi boca completamente. Nuestras lenguas se enredan, el calor se eleva entre nosotros. Quiero salirme de mi abrigo y sentarme a horcajadas sobre él. Comenzar algo y ver dónde terminamos.

Pero el teléfono de Deke suena entre nosotros. Me aparto sintiéndome mareada.

—Tal vez deberías contestar.

Deke revisa su teléfono, mira hacia otro lado y suelta una palabrota en voz baja.

—¿Qué? ¿Algo va mal?

—No. No hay nada de qué preocuparse, nena. Vamos. Ordenemos todo antes de que Teddy vuelva.

* * *

Deke

—¡¿En qué coño estás pensando?! —La rabia en la voz de mi alfa me pone los dientes al filo. Después de regresar al resort, me excusé del lado de Sadie y salí para devolverle la llamada de Rafe. Sadie no tiene idea del lío en que me he metido. Incluso si la tuviera, no lo entendería. Sadie es humana, yo no.

Otra razón por la que no somos el uno para el otro.

—Todavía intentamos resolver el tema de Suiza y tú decides irte. Pensé que te ibas a cazar como un lobo. A tratar ese nerviosismo que has tenido desde que conociste a esa humana. Asumí que estabas solo, haciendo lo que tenías que hacer. Hoy atiendo una llamada de Teddy Medvedev diciendo que os recogió a ti y a la hembra en un helicóptero en Santa Fe y os llevó a dar un paseo.

Joder. Debería haber sabido que Teddy Med estaría en contacto con mi manada. No le pedí que guardara un secreto para evitar levantar sospechas.

Me agacho por el lateral del edificio del complejo, dirigiéndome al bosque donde puedo hablar libremente.

—¿Es verdad? —Rafe exige—. ¿Estás con Sadie Díaz en este momento?

—Sí. Es verdad. —Francamente, me sorprende que Lance no me haya delatado antes. Esperaba esta llamada hace al menos veinticuatro horas.

Rafe maldice tan fuerte que tengo que mantener el teléfono lejos de mis oídos.

—¿Qué diablos, Deke? Después de todo lo que te dije, haces exactamente lo contrario. Y ahora tengo que ordenarte que te mantengas alejado...

—Es una misión de seguridad, no una cita. —Le interrumpo antes de que pueda terminar la orden—. Necesitaba una cita falsa para una boda, para mantener a Sears lejos de ella. Eso es todo. Y no voy a abandonarla ahora. Le hice una promesa.

Silencio. Mi alfa está tan enfadado que puedo escuchar sus dientes rechinar.

—Esta es una mala idea, Adalwulf.

—Lo sé. Joder, lo *sé*.

—No terminará bien.

—Puedo hacerlo. —Me froto la frente con un pulgar, tratando de mantener un tono suplicante fuera de mi voz. Caería de rodillas y rezaría si el destino me escuchara—. Puedo mantener el control.

—Tienes que hacerlo. Hay mucho en juego.

Tiene razón. Si pierdo el control, corro el riesgo de hacerle daño a la persona más preciosa de la Tierra.

—Tendré cuidado.

—Eso no es suficiente. —Rafe suspira, pero no me ordena que regrese a casa.

—Mantendré el control —repito y lo digo en serio. Haré cualquier cosa, incluso si tengo que alejarme de Sadie.

—Será mejor. —Rafe murmura—. Eres un peligro para ella. Vete tan pronto como puedas, antes de que sea demasiado tarde.

* * *

Sadie

¿Qué tal?, el mensaje de Adele llega a las 4:45 pm.

Genial, escribo. *Mejor que genial.*

¿Se está comportando bien?

¿Deke o Scott? Escribo descaradamente.

AMBOS, ella responde.

Scott es Scott. Deke es perfecto.

Demasiado perfecto. Hoy fue irreal. El paseo en helicóptero, el picnic... pero después de que Teddy nos dejó en el resort, Deke se excusó, y no le he visto desde entonces. *Tengo que hacer,* me dijo. Estoy decepcionada, después de nuestra cita esperaba pasar un tiempo a solas con él. Llegar a conocerle, horizontalmente. En *la cama.*

Hasta aquí la Operación Seducir a Sadie.

Es un caballero perfecto, le aclaro a Adele.

Será mejor que lo sea.

Sonrío y guardo mi teléfono en mi *clutch*. Esta noche es la cena de ensayo, he pasado la última hora arreglándome.

Deke aparece justo cuando hago una revisión final del lápiz labial. Toma el baño y sale vestido con un atuendo muy creíble: un blazer oscuro sobre sus vaqueros negros habituales y una camiseta negra. Funciona con sus botas de motero gastadas.

—Oye —le sonrío—. ¿Listo para seguir con esto?

Él asiente y se inclina para besarme la mejilla. Pero está serio, cerrado. Lejano detrás de sus gafas de aviador.

—¿Qué tienes? —pregunto—. ¿Qué te pasa?

Sacude la cabeza y, con una mano en mi espalda, me acompaña fuera de nuestra habitación y hasta el vestíbulo para reunirnos en la cena nupcial. Pongo mi cara de situación y beso en el aire a todas las damas de honor. Deke permanece a mi lado como una sombra alta y silenciosa. Finalmente vamos a sortear la ceremonia. Hay un aire de emoción, y cuando llega Jenn, la futura esposa, todos chillamos y aplaudimos.

—Esto es todo —me recuerdo a mí misma—. Es por eso que estamos aquí. —Para el gran día de mi amiga.

Todo va bien, pero no puedo evitar girar la cabeza para mirar a Deke cada tanto. Se sienta entre los asistentes del lado de la novia, mirando a lo lejos, interpretando el papel de novio aburrido, excepto que no está aburrido. Este es el Deke sombrío. Su estado de ánimo me recuerda cómo actuó después de nuestro beso en el callejón, cuando llegó el motero aguafiestas.

Se agita un poco cuando Scott me acompaña por el pasillo, pero Scott se comporta bien. Apuesto a que siente la amenaza tácita de Deke si no lo hace.

Cuando tomo mi lugar, busco a Deke. No puedo ver sus ojos porque todavía lleva puestas sus gafas de aviador, a pesar de que el sol casi se ha puesto detrás de las montañas. Tomo nota para burlarme de él por usar sus gafas de sol por la noche y darle una sonrisa. Deke levanta la barbilla en respuesta.

Voy a averiguar qué lo puso en este estado de ánimo melancólico. La seductora Sadie debuta esta noche.

Cuando el ensayo termina, todos nos dirigimos a cenar. Algunas personas mencionan el helicóptero, y Deke se encuentra brevemente en el centro de atención. Soy capaz y estoy dispuesta a intervenir para desviar las preguntas, pero Deke las maneja.

—Es de Teddy's Helicopter Tours —dice, repartiendo tarjetas—. Echadle un vistazo.

—Qué buena impresión causa tu hombre. —Elana ronronea en mi oído, mientras observo a Deke hablar con los curiosos sobre excursiones en helicóptero. Es paciente y tranquilo, incluso se inclina para conversar con la abuela de Jenn, que está en una silla de ruedas. Ella le da unas palmaditas en la mejilla, sonriéndole.

—Es un buen hombre —me dice Elana, con los ojos pegados a Deke agachado. Cuando se levanta, es una cabeza más alta que todos.

—Mmm —murmuro en mi champán.

Elana deja de mirar a Deke y me mira de lleno.

—Mucho mejor que tu ex. ¿Qué viste en él?

—Ni siquiera lo sé. Gracias. Pensé que sería incómodo contigo aquí.

—No, cariño, solo estoy aquí para hacerle quedar bien. Hizo que valiera la pena, si sabes a lo que me refiero. —Sus ojos brillan sobre su tónico de vodka—. Pero nunca lastimaría a una hermana. Tenemos que mantenernos unidas.

Brindo con ella. Mira a su alrededor rápidamente y se inclina cerca para susurrar una advertencia:

—Scott quiso emboscarte en el jacuzzi. Pero al ritmo que va, se desmayará esta noche. Al menos, eso espero. —Elana arruga la nariz. —¿Siempre ronca?

—Sí. Lo siento.

—Está bien, tengo tapones para los oídos.

Deke se da vuelta, mirándome por encima de la multitud.

—Ve, busca a tu hombre —Elana me saluda con la mano.

Me abro paso entre la gente y paso mi brazo por el de Deke.

—Vamos, cariño —digo en voz alta para que todos escuchen—. Hay algo que tengo que mostrarte.

* * *

Deke

Sadie me agarra de la mano y me saca del gentío. La sigo de buena gana, sintiendo alivio cuando salimos de la sala.

—¿Todo bien? —le pregunto mientras me lleva a un pasillo lateral. Ella mira a su alrededor y me empuja a una alcoba antes de mirarme.

—Parecía que necesitabas un descanso.

La tensión en mi columna vertebral disminuye. Tiene razón. Por un momento, estuve a punto de perder los estribos. Demasiada gente alrededor. Mi lobo se agita, pero solo estar cerca de Sadie me ayuda.

Dejo caer mi cabeza y presiono mi frente con la de ella, respirándola. Sadie es mi calma en la tormenta.

Dejarla va a ser horrible. Mi lobo ya está frenético, imaginándolo.

—Quiero agradecerte —susurra.

—Sadie. —No quiero tocarla, no después de la conversación con Rafe, pero me encuentro frotando mi pulgar a lo largo de su labio inferior. Mi polla quiere esa boca exuberante otra vez.

Pero no puedo. Esto es tan jodido.

Dejo caer mi mano y me la paso por la nuca. Las últimas palabras de Rafe resuenan en mi cabeza. *Eres un peligro para ella. Sal tan pronto como puedas, antes de que sea demasiado tarde.*

Tiene razón. Soy un monstruo. *Destruyo todo lo que toco.*

Mi lobo aúlla en mi pecho. Gimo presionando una mano contra mi pecho. Siento que estoy teniendo un maldito ataque al corazón. Pero no. Es mi lobo, afligido como si hubiera perdido a su pareja.

¿Podría Sadie ser realmente mi compañera?

Soy un idiota por no darme cuenta antes. He tenido la necesidad de marcarla cada vez que tenemos relaciones sexuales, pero lo atribuí a que mi lobo está loco.

Los lobos no suelen elegir humanos para parejas, pero sí sé que sucede. Especialmente con la disminución de nuestra especie, escucho de ello cada vez más a menudo hace tiempo.

El toque de Sadie me trae de vuelta a ella.

—¿Qué sucede? ¿Qué te pasa?

Incluso la sola idea de que sea mi compañera tiene a mi lobo rugiendo a flor de piel, mis dientes pican para descender y marcarla.

—No debería estar aquí —murmuro.

—No —dice ella—. No digas eso. Estás aquí para ayudarme. Lo estás haciendo muy bien. Lamento haber tenido que meterte en esto.

—Nena. —Dejo que mi cabeza caiga sobre su hombro,

en la curva de su cuello y respiro su aroma. Me ayuda. Mi lobo se calma—. No es eso. Estoy contento de estar aquí. Lucharía para estar a tu lado.

Sadie inhala rápidamente y pone su pequeña mano en mi cuello, sosteniéndome contra ella.

—No tienes que luchar. Estoy aquí.

Joder. No puedo luchar contra esto por más tiempo. Levanto la cabeza, tomo sus mejillas y la beso con fuerza.

Un ruidoso grupo de asistentes a la fiesta pasa por el pasillo y la llevo más profundamente a la alcoba.

Están a la vuelta de la esquina, cualquiera podría caminar por el pasillo y vernos, pero a Sadie no parece importarle.

—Te quiero —respira—. Te necesito.

¿Y quién soy yo para negarle algo?

* * *

Sadie

Las grandes manos de Deke me sujetan la cabeza, manteniéndome quieta para su beso. Me apoya en la pared, se presiona contra mí. Y lo siento a él, todo de él. O hay una pistola gigante en sus pantalones o está excitado de verme.

Sufro espasmos en el coño.

—Sí —respiro.

Me besa en el cuello, su mano derecha todavía me agarra el cabello. Me saca de mi posición tomando el control. Su otra mano encuentra el borde de mi lindo vestido y comienza a levantarlo.

Entonces me doy cuenta de que he cometido un error.

—Espera —jadeo, aunque odio frenarle.

176

—No puedo —gruñe Deke—. Quieres esto.

—No, no eso, te quiero, pero este vestido... es bastante apretado y... —Me alejo, deseando no tener que explicarle—. Estoy usando... fajas.

Sus cejas se entrelazan y desliza sus manos debajo de mi vestido, donde encuentra lo que he estado tratando de contarle.

—¿Qué es eso? —gruñe, deslizando su mano a lo largo del traje elástico apretado, tratando de encontrar mi piel—. Es como una armadura.

—Sí. Armadura de mujeres. Los hombres también la usan. Creo que Scott tiene algunas, aunque nunca lo admitiría.

—Joder. —Su mano va entre mis piernas, donde el traje me ha dejado sin sexo, como una muñeca Barbie—. Es un maldito cinturón de castidad.

Dejo escapar una risita histérica.

—Sí.

La risa de Deke es dolorosa.

Presiono mi centro contra su palma, frotando. Siento sus uñas escarbar a lo largo del tubo elástico parecido a una funda de salchicha, tratando de arrancarme la maldita faja. Mientras tanto, estoy a punto de explotar por la fricción de su exigente contacto.

—A la mierda con esto —gruñe y me agarra las caderas. Me levanta así que quedo enganchada entre la pared y él, a horcajadas sobre su pierna por encima de la rodilla.

—Frótate, cariño —ordena, y yo lo hago. Agarro sus hombros y cabalgo su grueso muslo, arrastrando mi coño codicioso hacia arriba y hacia abajo. La cresta prominente de sus cuádriceps proporciona el lugar perfecto para que yo me frote. Balanceo las caderas, inclinándome para que el músculo duro me frote a la perfección.

Se oye un rasguido de tela cuando Deke me baja la parte superior de mi vestido. Sus dedos encuentran el sujetador sin tirantes y lo baja de un tirón. Inclina la cabeza y lame un pezón.

—Oh, cielos. —Apoyo mis manos en sus anchos hombros, clavo mis uñas en los músculos abultados y duros como mármol bajo mis palmas y balanceo las caderas más deprisa. Deke gime, presionándome contra la pared.

—Estoy cerca.

—Gracias al destino. —Me engancha más alto, y un pequeño gruñido escapa de mi garganta. Me levanto sobre él, tratando de encontrar la cantidad correcta de fricción.

—Eso es, nena. Tómalo.

Mi orgasmo aumenta al rojo vivo, quemándome el cerebro. Presiono la cara en el hombro de Deke y cuando llego al clímax, le muerdo para detener mi llanto.

—Joder —gruñe.

—Oh, Dios —jadeo—. Oh, cielos. —Hay voces fuera del pasillo. Quiero gritarles que se vayan—. Tenemos que volver a la fiesta.

—A la mierda eso. —Me envuelve en su abrigo para cubrir mi vestido desgarrado y me toma en sus brazos—. Nuestra habitación. Nuestra cama. Ahora.

* * *

Sadie

Para mi deleite, Deke usa sus superpoderes de sigilo para pasar desapercibido por la fiesta y llevarme a nuestra habitación. Una vez allí, me baja y se da vuelta para cerrar la puerta.

Retrocedo en el dormitorio a oscuras, dejando que su chaqueta caiga de mis hombros. Mi vestido roto quedó abierto en la parte delantera. Levanto las manos para cerrarlo y Deke gruñe.

—Tus ojos... —murmuro mientras merodea, acercándose, y retrocedo lentamente. Sus ojos parecen brillar en la oscuridad de un verde intenso como los de un gato. Los escalofríos me recorren la columna vertebral al verle como un depredador que se avecina en la penumbra, acechándome.

—Quítate la ropa —gruñe.

Me detengo y levanto la barbilla, manteniéndome firme, deleitándome con este juego.

—¿O qué? —desafío juguetonamente.

—O la quitaré por ti.

—¿Lo juras? —Mi voz se entrecorta.

Se mueve más deprisa de lo posible para un tipo de su tamaño. Sus manos llegan a mí y rasgan la tela. Con unos crujidos, mi vestido y mi prenda modeladora ya no existen. No puedo decir que me arrepienta.

Tiro los restos de las telas. Quedo desnuda, excepto por un sujetador y braguitas de encaje.

—Tu turno —le digo y le pongo las manos encima con impaciencia.

Su camiseta se siente tan suave como parece. Le quito la tela oscura, revelando la extensión tonificada y bronceada del pecho de Deke.

—Te necesito —jadeo—. Ahora. —Mis manos buscan a tientas el botón de sus vaqueros. Las cosas no marchan lo bastante deprisa.

—Te daré lo que necesites —murmura.

Exhalo un gruñido falso y le empujo hacia la cama, porque me deja hacerlo, y cae hacia atrás, desnudándome con la mirada mientras me monto sobre él. Soy Sadie, la traviesa. Sadie, la liberada.

—¿Ansiosa, nena? —pregunta riendo.

—Cállate. —Sonrío, y me siento a horcajadas sobre él, le abro el botón de sus pantalones. Mis muslos se tensan al extenderse sobre su cuerpo gigantesco.

Sus grandes manos me acarician las nalgas.

—Eres una chica mala.

—Sí. Sí, lo soy.

Se le iluminan los ojos con una llama verde dorada. Me hace rodar para que quede debajo de él, luego me da media vuelta y me azota el culo.

—Chica mala, mala.

—Sí. —Aprieto la colcha, apoyándome y levantando el culo al aire. —Sí, lo soy.

Deke me vuelve a azotar.

—Chica mala. —Me echa encima la mitad inferior de su cuerpo, frotando su polla en la grieta de mi culo. Luego se levanta y me azota más fuerte.

Siseo apretando los dientes por el escozor que me provoca su palma. En el fondo de mi ser, experimento el dolor como una deliciosa alquimia, por lo que cada nalgada es goce que irradia de mi núcleo. Gimo levantando el trasero, buscando el castigo de su mano.

—Joder, sí —murmura. Luego me quita las bragas y lleva la boca a mi trasero, raspando la piel castigada.

Grito cuando me lame entre las nalgas, ante una sensación exquisita tan tabú. Inclino las caderas invitándole a lamerme más abajo. Su lengua roza mi entrada.

Jadeo pidiendo a gritos más.

Me hace rodar hacia atrás. Me encantan su fuerza y seguridad. Con qué facilidad se hace cargo, me posiciona donde quiere. No tengo que preocuparme o preguntarme si estoy haciéndolo bien. Él lo hace todo fácil.

Tira de las copas del sujetador, y palmea mis pechos, apretando y luego rozando sus pulgares sobre los pezones duros. Cuando baja la boca para tomar uno entre sus labios, me arqueo gimiendo. Me chupa el pezón, lo mordisquea ligeramente, mientras amasa el otro pecho.

Sintiéndome audaz, porque Deke siempre me hace sentir audaz, le empujo la cabeza hacia abajo. Cuando levanta la cabeza, su sonrisa es salvaje; entoces baja.

Deke me separa las rodillas y me lame, su lengua abre mis labios inferiores, trazando el interior.

Un estremecimientp de placer tras otro me recorren.

—¡Sí! —gimo, con los dedos enredados en su cabello oscuro.

Me penetra con la lengua, luego la gira alrededor del clítoris.

—Por favor —jadeo.

Lo rodea de nuevo, luego lo mueve con la punta de la lengua una y otra vez. Levanto las caderas persiguiendo la sensación. Todo mi cuerpo es un cable en cortocircuito irradiando energía.

Deke desliza un dedo dentro de mí que se siente delicioso, especialmente cuando acaricia el canal interior. Pero quiero más.

—Deke —jadeo—. Te deseo.

Su cabeza se sacude, me mira con esos ojos iluminados de verde. Su expresión es casi de alarma, y por un momento me temo que he ido demasiado lejos. Que va a volver a ponerse distante. Pero luego se levanta, se quita los vaqueros, los calzoncillos, y saca un condón de su cartera.

Me desabrocho el sujetador y me lo saco retorciéndome en la cama, completamente desnuda. Lista.

Muy lista.

Nunca he estado tan entusiasmada con el sexo en mi vida. Deke hace que todo sea emocionante. Todo es posible.

Se abalanza sobre mí con esa ligereza que parece estar en desacuerdo con su gran tamaño y me acaricia el cuello, besándome, mordiéndome.

Me arqueo para frotarme los pechos sobre su duro pecho, mi cabeza cayendo hacia atrás. Me aferro a sus enormes brazos, tratando de tirar de su cuerpo hacia abajo, sobre el mío.

—Te necesito —repito, todavía medio temerosa de que vaya a echarse atrás.

—Te lo voy a dar —promete, rasgando el envoltorio del condón con los dientes y luego enrollándolo.

Ya envainada su polla, desliza la corona en mi humedad. Planto los pies separados, las rodillas bien abiertas para recibirle e inclino las caderas hacia arriba.

La cara se le contorsiona como si sintiera dolor cuando se introduce en mí.

—Sadie —dice—. Joder.

—¡Sí! —Oh, diablos sí. Me empujo para llevarle más profundo porque va demasiado lento y suelta una palabrota.

—Deke, sí. —Agarro su musculoso culo y tiro de él hasta el fondo, envolviendo las piernas alrededor de su espalda, enganchando los tobillos.

Un estremecimiento de placer le invade y comienza a balancearse lentamente. Es como una película sublime de arte porno. Con nuestros cuerpos unidos, nos movemos como uno solo: él dando, yo recibiendo. No sé cuánto tiempo dura este placer perfecto y sin sentido, pero ya no es suficiente. Cuando le muerdo el hombro, suelto los tobillos y levanto las rodillas hacia mis hombros, extendiéndome ampliamente de par en par.

Más dolor parpadea en la cara de Deke.

—Joder, Sadie. —Sostiene mis rodillas bombeando más deprisa, sus muslos me golpean en un ritmo delicioso. Acaricio con mis manos todo lo que alcanzan, amando la sensación de su piel, el tono de sus abultados músculos.

—Sí —le animo. Se siente increíble—. Deke.

—Sadie —dice, poniéndose de rodillas y levantándome las caderas en el aire, sus grandes manos agarrando mi trasero mientras bombea.

—¡Oh, cielos! —jadeo, casi fuera de mí. Nunca he tenido sexo como este, tan desinhibido y crudo. Tan hermoso, natural y fácil.

Sacude la cabeza como si estuviera tratando de despejarla. Por un momento, veo el resplandor de sus dientes y casi parecen más afilados. Más largos. Pero debe de ser la forma en que brillan a la luz de la luna que entra por la ventana.

Vuelve a sacudir la cabeza y se retira, volteándome y acomodándome de rodillas. Cuando entra en mí por detrás, es el paraíso. Se mete en lo profundo e instintivamente me dejo caer sobre mi codo para subir las caderas aún más alto, para mejorar aún más el ángulo.

Deke me sujeta por las caderas y se estampa en ellas pareciendo perder el control. Su aliento es entrecortado, áspero. Sus muslos embisten mi trasero llenando la habitación del delicioso sonido de nuestro amor.

—¡Sadie! —su grito es una advertencia.

—¡Sí, por favor! —grito. Estoy tan lista para correrme, solo le estoy esperando.

—¡Sadie! —se ahoga de nuevo. Me encanta escuchar mi nombre en ese tono tenso y gutural. Como si no pudiera contenerse. Como si le volviera loco. Es muy diferente de los interludios rápidos y aburridos que Scott y yo solíamos tener.

—Dámelo, Deke —le digo.

Su grito suena casi como un rugido. O como el gruñido de un animal. Se entierra profundamente dentro de mí, sus dedos apretando mis caderas con un agarre demoledor.

—¡Sí! —Lloriqueo, pues mis músculos sufren espasmos alrededor de su polla, mi propio orgasmo crece y crepita en mí—. ¡Sí, Deke, oh, cielos!

Me embiste el trasero con varios empujones, exprimiendo más placer de mí. Más espasmos de mis músculos internos. Más oleadas de placer.

Te amo. Las palabras están en mi cabeza, pero afortunadamente no las digo. No sé lo que esto significa para Deke. Quiero decir, sé que no lo fingió.

No hubo nada falso en nada de lo que acabamos de hacer.

Pero podría haber sido solo sexo.

Lo cual está bien.

Totalmente bien.

Oh, Dios, no está bien. No sé por qué pensé que estaría feliz con solo tener a Deke para el fin de semana.

Ahora le quiero para siempre y él ya me ha dejado claro que no es posible.

* * *

Deke

Oh, joder, casi la marqué. Durante el sexo, mis dientes descendieron recubiertos con el suero que incrustaría permanentemente mi aroma en su piel. Casi marqué y reclamé a Sadie como mi compañera, lo que la uniría permanentemente a mí.

Sin embargo, pude contenerme y aún así darle a Sadie lo que necesitaba.

Una oleada de satisfacción me enorgullece. Tuve la disciplina para mantener a mi lobo bajo control. Por Sadie, lo hice. Por Sadie, podía hacer cualquier cosa.

Me relajo y desecho el condón. Mi lobo está agitado, enfadado porque no la marqué, pero lo tengo bajo control. Tan pronto como Sadie se quede dormida, saldré y lo llevaré a correr.

Por ahora, no puedo irme de su lado cuando está tumbada sobre su codo, luciendo tan jodidamente vulnerable. Vuelvo a la cama y corro las sábanas, ayudándola a entrar en ellas antes de deslizarme a su lado.

Inmediatamente amolda su dulce y tierno cuerpo en el mío, apoyando su cabeza en el lugar donde el hombro se encuentra con el brazo, pasando las uñas a través de los vellos de mi pecho.

—Gracias —murmura.

A pesar de que acabo de liberarme, mi polla se desboca ante ese sonido dulce como la miel. La insinuación de que la he satisfecho me anima a hacerlo de nuevo.

Una docena de respuestas diferentes se me pasan por la cabeza. Respuestas superficiales como: "A tu servicio" o jactanciosas como "hay más para ti". Pero ninguna de ellas le hace justicia. Ninguno de ellas se ajusta a la belleza del sexo que acabamos de tener, y juro por el destino, nunca antes en mi vida había llamado bello al sexo.

Pero con Sadie lo fue. Incluso la parte donde mi lobo luchó por tomar el control queriéndola marcar. Todo se sintió bien. Protegerla de mi lobo se sintió bien, querer marcarla también.

Me conformo con un sonido de asentimiento y le beso la cabeza.

En un momento, su respiración se alarga y se queda dormida. Espero otra media hora, saboreando la sensación de ella en mis brazos, antes de salir de la cama para transformarme en mi animal y correr.

Capítulo Doce

Deke

Tan pronto como Sadie se despierta por la mañana, regreso a la cama. No me había atrevido después de la carrera a dormir a su lado, así que me quedé dormitando en la silla junto a la puerta. Me sentía bien protegiéndola, manteniéndola a salvo.

—Deke. —Bosteza, acurrucándose en mí. Aprieto los dientes mientras me roza la polla, y se endurece como el acero.

—Buenos días, nena. —Sumerjo la cabeza y la beso, mi lengua acaricia su anhelo secreto, la cueva de seda de su boca. Ella gime y se arquea contra mí. Huelo su calor húmedo.

Me alejo y me aclaro la garganta.

—Son casi las nueve.

—¿Las nueve? Cielos. —Se sienta.

—Cielos —repito porque es muy lindo—. ¿Alguna vez dices palabrotas?

—Sí. —Sonríe—. Pero no a menudo. Odiaría hacerlo inadvertidamente frente a mis alumnos.

Ella me besa de nuevo.

—Tengo que irme. Tenemos un día de spa y me prepararé con la novia. —Se muerde el labio, y quiero marcarla tanto que me duelen los caninos—. Estás invitado a almorzar con el novio y los padrinos de boda. Serán muchos hombres de esmoquin, y Scott estará allí. Podrías vigilarle. Sé que apesta...

—Paso —digo inmediatamente—. No te preocupes, me entretendré. —Le cubro la mejilla.

Me agarra la muñeca y desliza uno de mis dedos en su boca. Sus labios lo rodean y ella chupa con fuerza.

—Solo una promesa de lo que está por venir —dice, y sale de la cama rápidamente, pero no lo suficientemente rápido. Saco una mano y le golpeo el trasero con fuerza. Se sobresalta pero sonríe, y casi la persigo. Tendrá el recuerdo de mi huella durante toda la mañana.

* * *

Sadie

El día de la boda se pasa volando. Mañana de spa y luego los preparativos de la novia. Todo el tiempo quiero estar con Deke. De vuelta en la montaña haciendo un picnic. O en una caminata. O... teniendo otra ronda de sexo entre las sábanas.

Pero hago mi parte apoyando a la novia, poniéndome mi vestido de dama de honor color ciruela. Jenn es una novia escultural y encantadora con un vestido de novia corto y ceñido. Es precioso y moderno, con un cuello que se ensancha en la parte superior en una línea asimétrica, haciéndola parecer una cala blanca.

Como estaba previsto, Scott me acompaña por el pasillo hacia el altar.

—Te ves hermosa —susurra, un minuto antes de avanzar.

—Lo sé —le digo—. Deke me lo dijo. —De hecho, aún no he visto a Deke, pero busco su cabeza oscura y sus hombros anchos, elevándose más alto que cualquier otra persona en los asientos. Y cuando le encuentro, me mira directamente. Sonrío, le saludo, y me recompensa con un sutil asentimiento. No me desborda de emoción, pero es muy alentador en el lenguaje de Deke. *Tú puedes, nena.*

Mientras camino por el pasillo, sostengo la mirada de Deke todo el tiempo que puedo. Apenas noto la frustración de Scott, a pesar de que irradia de él. Comencé necesitando a Deke como escudo contra la presión de Scott, pero ahora simplemente me rebota. No me importa lo que quiera el hombre a mi lado. Estoy mucho más interesada en lo que quiero yo, y es a Deke.

Mientras Jenn y Geoff dicen sus votos matrimoniales, vuelvo a buscar a Deke, quien me ha dicho que nunca se casaría. Me pregunto por qué. Nos hemos acercado más este fin de semana, pero no tanto como para que sus secretos no sean un abismo entre nosotros. Un abismo que pretendo conocer.

—Gran trabajo, nena —me dice Deke después de la ceremonia. Tira de la correa endeble que sostiene mi corpiño—. ¿Llevas fajas debajo de esto?

La risa sale disparada de mí y me tapo la boca para sofocarla.

—No —le susurro—. Aprendí mi lección. —Se acerca, sus labios encuentran mi oreja y agacho la cabeza—. Todavía no —advierto—. Tengo que hacer fotos nupciales. Luego, es la recepción.

—A la mierda la recepción —murmura Deke, y mi coño se aprieta.

—Me encantaría follar, en lugar de ir a la recepción —murmuro, viendo cómo se encienden sus ojos— pero tenemos que quedarnos hasta que corten el pastel. Y algunos bailes.

—Vale. —Retira la mano y se alisa la parte delantera del esmoquin. En su atuendo, parece el James Bond más sexy y peligroso—. Pero te costará.

—No puedo esperar a que te lo cobres—murmuro y obedezco a Brigit para hacer fotos con los novios. No puedo evitar mirar a Deke todo el tiempo, parece que siempre me está mirando. Sus ojos brillan extrañamente en la penumbra.

Más tarde, después de la comida y los discursos, Deke y yo bailamos mejilla con mejilla al ritmo de Frank Sinatra. Bueno, no mejilla con mejilla, él es muy alto. Pero recuesto la cabeza en su pecho, y es perfecto.

—Gracias por venir conmigo este fin de semana. —Levanto la cabeza para encontrarme con su cálida mirada.

Arruga los ojos pero no sonríe del todo. Las sonrisas de Deke son raras, lo que hace que sea aún más emocionante cuando me gano una.

—Sé que este ambiente no es lo tuyo en absoluto. Fue un gran favor pedirte que... —Supongo que estoy tanteando la situación. Siento que anoche me demostró que hemos ido mucho más allá de la cuestión de la cita falsa, pero honestamente, todavía no estoy segura de dónde estamos parados. El hecho de que no quiera casarse ni tener hijos debería haberme disuadido de esperar algo más, pero no fue así. Ya me he enamorado de este tipo.

Lo quiero todo.

Bailamos y pasamos delante de la mesa de regalos,

repleta con todo lo que una pareja podría desear para comenzar la vida matrimonial, incluido un juego completo de utensilios de cocina Le Creuset.

—Sadie... —Deke se ve incómodo.

Oh, Dios, me va a decepcionar gentilmente ahora.

—No puedo estar en una relación. Soy... peligroso.

Parpadeo. Finalmente, estamos sacando las cosas a la luz.

—¿Se trata de los cargos por agresión?

—Sí.

—¿Qué pasó? —Mi corazón late con fuerza, pero quiero saberlo todo, sea lo que sea.

—Me pongo... protector. Sobreprotector. Fue en un bar, cuando parecía que estaban molestando a una mujer. Intervine. Pero perdí el control. —Se detiene y sacude la cabeza rápidamente—. Usé una fuerza excesiva. No quise hacerlo, pero lastimé a los muchachos más de lo necesario.

—No conoces tu propia fuerza —murmuro.

—No —me interrumpe bruscamente—. Sí. Eso nunca debería haber sucedido. Debería haber mantenido el control. Especialmente con los civiles.

Trago saliva.

—Es parte del trastorno de estrés postraumático, Deke. Has tenido que matar en el cumplimiento del deber, ¿verdad?

Respira hondo y luego exhala lentamente.

—Sí. Yo... a veces todavía lo hago. —Su mirada se fija en mi rostro, como si estuviera buscando señales de que estoy horrorizada.

Pues un poco lo estoy, pero tengo cuidado de controlar mis facciones. Debería haberlo adivinado cuando mencionó los contratos gubernamentales multimillonarios. No es de extrañar que no se les permita salir y tener citas. Son como... sicarios del gobierno. O algo así.

Pruebo esa idea para ver si me dan ganas de huir de Deke a los gritos.

No es así.

Levanto la barbilla.

—No me importa —le digo.

Él ladea la cabeza.

—No... ¿No te importa? Quiero decir, debería importarte. Sadie, no soy confiable.

Dejo de bailar y sostengo su rostro con ambas manos.

—Eres confiable para mí —le digo.

Él duda.

—No lo sé, Sadie. Esos tipos en el bar...

—Entraste en modo de ataque porque pensaste que tenías que hacerlo. Fue un error. Deke, nadie es perfecto.

—Quiero serlo para ti.

Mi corazón se estremece. Dijo *para ti*.

Él quiere ser perfecto para mí.

¡Deke quiere ser mío!

—La perfección está sobrevalorada. Perfecto es lo que Scott y mi papá quieren. No les importa el interior, siempre y cuando el exterior se vea bien.

Deke parece inseguro.

—Eres un buen hombre, Deke. Proteges a aquellos que no pueden protegerse a sí mismos. Tienes honor. Compromiso. No te quiero perfecto. Solo te quiero.

Deke respira deprisa otra vez, sus ojos brillan verdes. Su boca desciende a la mía. Se estrella en mis labios. Los reclama. Su gran palma copa la parte posterior de mi cabeza, y su lengua se mete entre mis labios.

Escucho algunas risitas y murmullos a nuestro alrededor. Estamos parados en medio de la pista de baile, besándonos como adolescentes salvajes y rebeldes.

Se siente maravilloso.

El beso dura una eternidad. El tiempo suficiente para estar segura de que Deke ha olvidado dónde estamos, así que me aparto, riendo.

—Subamos las escaleras —le digo.

No duda. Me alza en sus brazos como si fuera la novia y me saca del salón de baile.

Una vez que estamos en la oscura habitación del hotel, parece que todo se mueve en cámara lenta. Me suelta y silenciosamente me baja la cremallera. En el gran ventanal, la luna llena resplandece su luz plateada, dorando la tierra sombría con un aura mágica. Una nueva excitación florece dentro de mí, mi pulso late constante como un tambor.

Dejo que el vestido caiga y se amontone a mis pies, me vuelvo para mirar a Deke con nada más que una tanga. Ha dado un paso atrás, parado en las sombras. En su esmoquin, es tan guapo que podría llorar.

Parece que se ha vuelto a contener.

Doy un paso hacia él.

—Te quiero. *A ti*, Deke. —Su aroma fluye a mi alrededor, mareándome, dándome vueltas. No sé si son feromonas o la luna llena. Me estoy volviendo loca.

—Sadie, hay más... —dice, pero le tomo, aplastando mi boca contra la suya.

—No me importa nada —murmuro—. Sea lo que sea, te deseo de todos modos.

Gruñe contra mis labios y se levanta, se arranca su camisa, revelando su impresionante torso. *Venga, sí*. Mis ovarios saltan. *¡Tomemos este tren sexual!*

* * *

193

Deke

—Sadie querida, te voy a follar fuerte.

Vaya. No sé de dónde salió eso. Definitivamente cayó en el lado equivocado de la línea de respeto, pero a Sadie no parece importarle. Sus ágiles dedos accionan el botón de mis pantalones de esmoquin.

Esta mujer es un regalo. Un verdadero regalo.

Acaricio la piel desnuda de su espalda, apareando nuestras bocas nuevamente. Quería contarle de mi lobo, revelarle todos mis secretos, pero cuando me dio una excusa para no hacerlo, la tomé.

Contárselo está prohibido. Sé lo que diría Rafe. Lo que diría de todo esto.

Pero no puedo contenerme en lo que respecta a Sadie. Todo en ella se siente bien. Su aroma. La forma en que su presencia calma e incita a mi lobo, su dulce, dulce aceptación de mi lado oscuro.

La amo.

No estoy seguro de haber sabido lo que era el amor hasta este momento.

Los lobos no piensan en esos términos. Nos apareamos por olor, por destino, no por la emoción humana. Pero lo que siento por Sadie es real. Está más allá del olor y el impulso para marcarla. Se trata de quién es ella. Cómo me hace sentir. El hombre que quiero ser para ella.

Quiero quedarme con Sadie Díaz. Aparearme con ella. Casarme con ella. Todo.

En el momento en que me baja los pantalones por las caderas, salgo de ellos y camino hacia atrás hasta la cama. Sus rodillas golpean el colchón y cae hacia atrás, mi mano detrás de su cabeza suaviza el aterrizaje.

Me arrastro sobre ella, luego recuerdo el condón. Rápidamente me quito los calzoncillos, lo busco y vuelvo a la cama.

Sadie lleva unas braguitas. Su piel brilla bronceda a la luz de la luna. Muerdo el cordón de las bragas y las arrastro por sus piernas con los dientes. Su risa es musical, dulce. Beso mi camino hasta su pierna, comenzando con la pantorrilla, moviéndome hacia la parte interna del muslo y hasta el ápice. Pongo un ligero beso en el montículo, luego le abro las piernas.

—Ábrete para mí, nena —le digo.

Gime suavemente, antes de que mi lengua la toque, la lamo separando los labios, arrastrando la lengua en su humedad. Me arremolino alrededor de su entrada, luego alrededor del clítoris.

—Eres tan bueno en esto, Deke. —Suena sin aliento. Ya desesperada. Quiero mantenerla así toda la noche.

—Voy a hacerte llegar tan fuerte —me jacto, deslizando un dedo dentro de ella.

Se retuerce para llevarlo más profundo, y repetidamente introduzco y retiro los dos dígitos, usándolos para acariciar su pared interior. Encuentro el punto G, siento que el tejido se tensa debajo de las yemas de mis dedos.

Agita las piernas a mi alrededor y grita. Le lamo el clítoris, chupo la pequeña protuberancia mientras continúo frotando el punto G.

—¡Deke! Oh, Dios, es tan bueno.

Tarareo en su carne. O tal vez es un gruñido. No importa. Yo tengo el control. Ella me ha dado fuerzas con su confianza. No la voy a marcar. Voy a hacerla llegar al orgasmo como nunca ha llegado antes.

Bombeo con los dedos, chocando con el punto G con cada fricción. Ella grita, me tira del cabello, presionando mi cara contra su carne, a pesar de que nunca dejé de chupar ese dulce clítoris.

Las caderas se sacuden, convulsionan. Ella aprieta y bombea mis dedos cuando llega. Dejo de bombear una vez que el orgasmo se aplaca, luego disminuyo la velocidad de mis caricias, provocando una segunda liberación. Suspendo la succión en su clítoris para darle chasquidos con la lengua. Sadie sucumbe a una tercera réplica.

—¡Oh, Dios mío! —jadea—. Deke. Es tan bueno. —Tira de mis orejas para levantarme la cabeza de su carne hinchada—. Ven aquí —suplica—. Te necesito dentro de mí.

Sonrío, sus jugos cubren mis labios.

—Estoy dentro de ti. —Acaricio su punto G de nuevo para recordárselo, y un cuarto maremoto se desata.

—¿Qué pasa con... follarme tanto?

Una risita retumba fuera de mí.

—Sadie Díaz, ¿acabas de decir *follar*?

Ella se ríe.

—Parecía apropiado.

—Mmm. —Me arrastro sobre ella. Tiene razón. Parece apropiado. Recojo el paquete de condones, que había dejado caer sobre la cama, y lo abro—. Te prometí una buena acción, ¿no?

—Ajá. —Sus rodillas se abren y sus párpados caen con anticipación. Ella puede ser dulce, pero no es mojigata. Es *adorable*.

Una vez puesto el condón, me posiciono sobre las rodillas, alineando la cabeza de mi polla con su entrada.

—Hacer que te corras es un privilegio, Sadie Díaz.

Joder, tengo cero filtros esta noche. El alivio de exponerle mis miserias a ella y su aceptación me cambió por completo.

Un escalofrío la recorre, sus labios hinchados por el beso

se separan. Alcanza mi polla y la aprieta con firmeza, guiándome hacia adentro.

—Te necesito —repite.

Joder. Yo también la necesito.

Tanto.

Una embestida dentro de ella, y estoy perdido. La luna ya me tiene con la sangre caliente, se me alargan los caninos, pero cierro la boca firmemente. Voy a mantener el control. Por Sadie puedo hacerlo.

Me estrello contra ella con más ferocidad de la que pretendo, pero se arquea; gime con satisfacción como si fuera exactamente lo que necesitaba.

—Te voy a follar hasta que no puedas caminar mañana.

Me relajo y vuelvo a penetrarla, firme y seguro. Su cabeza se desliza por la cama, tengo que agarrar su hombro para evitar que se golpee con la cabecera.

—Fóllame, Deke.

No sé por qué escucharla decir la palabra *follar* me enloquece. No es nada propia de ella. Pero significa que realmente quiere esto.

Chasqueo mis caderas más deprisa, sumergiéndome dentro y fuera, observando su cara en busca de señales de que estoy siendo demasiado brusco.

Sin embargo, no veo ninguna. Parece querer todo lo que quiero darle. Es preciosa. Tiene la espesa melena oscura extendida sobre la almohada en un halo alrededor de la cabeza. Sus hermosos pechos apuntan hacia el techo, los pezones duros, ansiosos por mi boca. Me inclino y tomo uno entre mis labios, chupándolo.

Sadie gime de placer.

El sonido me provoca chasquear las caderas con más fuerza, la presión aumenta en la base de mi columna vertebral.

—¡Sí! —me anima.

Chupo el otro pezón, para que no se sienta excluido.

Ella pellizca uno de los míos, lo que me hace sonreír.

—¿Lo quieres duro? —pregunto tardíamente, porque ya la estoy follando duro. Tal vez solo necesito estar seguro.

—¡Sí! —está de acuerdo—. Lo quiero muy duro.

—Oh, joder. —Apoyo la mano en el cabezal moviendo mi polla entre sus piernas, rápido, con embestidas cortas, dentro, dentro, dentro, *dentro*. Cada vez que lo hago, suelta un agudo *uh, uh, uh, uh que* me vuelve jodidamente loco.

Estoy seguro de que todo el piso del complejo puede escucharnos, con lo cual mi lobo se siente estallar de orgullo.

Me apoyo en ambas manos arqueándome hacia ella, aún más deprisa. Aún más feroz.

Sadie tiene la mirada salvaje clavada en mi rostro. Los labios permanecen abiertos para soltar sus gritos de placer. La cama se mece contra la pared, golpeándola una y otra vez.

Mi lobo gruñe queriendo liberarse, muriéndose por marcarla. Pero me resisto.

Por Sadie, me resisto.

—¡Oh, Deke! Por favor... *¡por favor!* —me ruega. ¿Para parar? ¿Correrse?

La sola idea de llegar al clímax provoca que suceda. Quería follarla toda la noche, pero el placer es descomunalmente intenso. Sadie envuelve las piernas alrededor de mí y me tira más profundamente dentro, sosteniéndome mientras ambos alcanzamos el orgasmo en perfecto concierto.

Dejo escapar un grito estrangulado; mi lobo me impulsa a bajar la cabeza en el hueco de su cuello, con los dientes ya listos para hundirse en su carne, pero en el último instante, lo reprimo. Soy un hombre lobo que quiero decirle a todo el maldito mundo que he encontrado a mi hembra.

A mi compañera.

Márcala, mi lobo gime.

Todavía no.

El animal parece sentir la promesa en mi advertencia. Que planeo marcarla, pero no esta noche. Los caninos se vuelven a retraer.

Sadie está a salvo.

Sadie es mía.

En cuanto a revelarle que soy un lobo, en cuanto a marcarla... llegaremos allí. Cuando esté seguro de que siempre puedo mantenerla a salvo.

A salvo de mi lobo y mi oscuridad.

Capítulo Trece

S*adie*

Me despierto sola en una cama caliente, pero hay una nota de Deke en la almohada.

Se ha ido a correr.

Sonrío y me estiro, sintiéndome bien desde la cabeza, con el cabello peinado con laca, hasta los dedos de los pies. La misión *Seducir a Deke* ha salido bien.

Nos vamos hoy. Nuestro operativo de novio falso habrá terminado. No hay promesas sobre cómo continuará nuestra relación, pero después de la conversación que tuvimos anoche, tengo mucho optimismo en que podamos resolver las cosas.

Me pongo las botas de montaña y salgo. El complejo está tranquilo esta mañana, con casi nadie alrededor. El resto de la comitiva nupcial dormirá hasta tarde.

Afuera el aire es fresco, limpio. Es una mañana perfecta para una caminata. Con suerte, me encontraré con Deke y podremos retomar donde lo dejamos.

Voy por la ruta de senderismo, dejando rápidamente los

verdes terrenos del complejo, a un camino escarpado y rocoso. Una ramita se rompe detrás de mí.

—¿Deke? —Le llamo, me doy la vuelta y vuelvo por donde he venido.

—Sadie. —Scott sale detrás de un pino de cerdas tupidas.

¡Vaya! ¡Qué chasco! Me detengo.

—Scott.

—Tenemos que hablar. —Tiene la voz ronca. Todavía lleva el esmoquin de anoche. Tiene los ojos enrojecidos y su aliento apesta a vodka.

Un asco.

—¿No dormiste todavía?

—No puedo dormir. —Me agarra de los brazos y siento de cerca el olor combinado de su aliento fétido con su colonia rancia. Trato de apartarle.

—Vete. —Me las arreglo para liberarme. Se tropieza con una roca, intentando seguirme.

—Sadie, quiero estar contigo.

—No. Simplemente piensas que otro está jugando con tu juguete. Nunca signifiqué nada para ti. Se trataba de los contactos de mi padre. No se pueden obtener proyectos de desarrollo a través del ayuntamiento sin su apoyo.

—Joder, Sadie, no. —Se tambalea hacia adelante y cae sobre mí, su pesado cuerpo me tumba. Grito e intento que suelte mi chaqueta.

—Scott, me haces daño...

Un gruñido salvaje suena desde la ladera, sobre nosotros. Cada vello de mi cuerpo se eriza en advertencia.

¡Un depredador!

Mis músculos se convierten en piedra y dejo de luchar contra Scott, que se tambalea, golpeándome, antes de ponerse erguido, girando tardíamente hacia la amenaza.

Hay otro gruñido, y una enorme figura negra salta por la pendiente hacia nosotros.

—¡¿Qué...?! —La pregunta de Scott se corta cuando la sombra gigante se estrella contra él. Él cae agitándose y yo grito.

Scott aterriza en el suelo, sobre él se encuentra el lobo negro más grande y malo que he visto.

Tropiezo hacia atrás. Mi bota choca una roca y me caigo en el último momento. La cabeza del lobo se vuelve hacia mí y me estremezco.

Luego gira de nuevo hacia Scott, abre sus mandíbulas gigantes y deja escapar un gruñido que es más como un rugido.

¡Corre! La adrenalina grita en mis venas.

Scott deja escapar un chillido agudo. Diablos, el lobo está a punto de comérselo. ¡Tengo que hacer algo! Me tambalean las piernas.

—¡No! —Pongo mi voz más severa de maestra. Sin pensarlo, agarro una rama para golpear al lobo.

Antes de que pueda abalanzarme, el lobo retrocede. De alguna manera, Scott se apresura para levantarse.

—¡Oye! —Trato de distraer al lobo, para que Scott pueda escaparse, y lo hace, rumbo al resort, con su esmoquin destrozado aleteando a su paso, dejándome con el lobo.

¡Sola!

Vaya cobarde.

Doy un paso atrás y ajusto mi agarre en la rama.

—No es así como pensé que sería —le digo al lobo.

Para mi total sorpresa, el lobo se sienta y gime.¡Como una maldita mascota!

—Um ... Bien. Buen lobo. —Doy un lento paso atrás.

El animal me observa. No hay señales de sus dientes, pero nunca olvidaré la vista de ellos. Esta bestia es asesina.

Y no puedo superarlo, vi lo rápido que bajó por la ladera de la montaña.

¿Qué voy a hacer?

Viene hacia mí no en un asalto. Más bien es un trote que me estremece. De momento, se detiene y se sienta otra vez. Entonces capto un destello de plata en el grueso collar alrededor de su cuello. El lobo gira la cabeza y el rectángulo plateado plano refleja la luz con mayor claridad.

Me quedo sin aliento.

—¡Eso es de Deke! ¡Estás usando las placas de identificación de Deke! —¿Qué significa esto? La piel de gallina me recorre los brazos.

Me tapo la boca con la mano. Hay dos opciones aquí. El lobo se comió a Deke y lleva sus placas de identificación como trofeo o ...

—Sherlock Holmes dijo: *Si eliminas lo imposible, lo que queda debe ser la verdad* —digo con voz temblorosa.

El lobo ladea la cabeza como si me estuviera escuchando.

—O te comiste a Deke o... tú *eres* Deke.

El lobo se ríe sacudiendo la cabeza como si estuviera asintiendo.

Pero no. Es imposible.

—Será mejor que no te hayas comido a Deke —me río y lloro, semihistérica—. Es mi novio y realmente me gusta.

Levanto la rama, totalmente preparada para vengar a mi amante.

El lobo cae sobre su vientre, se arrastra hacia adelante en súplica.

—¿D-deke? —Es tan ridículo, tan imposible, y sin embargo... esos ojos verdes. Definitivamente los he visto antes. Ahora entiendo por qué brillaban en la oscuridad.

El lobo se levanta para trotar hasta unos arbustos. Un

gruñido bajo hace que hormigueos se esparzan en mi piel, y luego Deke, mi gigantesco y musculoso novio se levanta del escondite del lobo.

Me tambaleo hacia atrás, confundida.

¿Luchar o huir? ¿Correr o abrazar a Deke?

Me conformo con lamerme los labios.

—Eres un lobo... —digo lo obvio. Lo imposible.

Deke vacila como si no estuviera seguro de si debería acercarse.

—No temas —murmura con las manos abiertas. Deke merodea saliendo de la maleza. Sin los arbustos entre nosotros, me doy cuenta de algo más.

Mis labios se contraen.

—Um, estás desnudo. —Excepto por las placas de identificación que fulguran en su impresionante torso, atrayendo la atención a los abdominales perfilados, luego hacia abajo, siguiendo su feliz rastro a...

Bien. Así que la evidencia me sugiere que él y el lobo no cambiaron de lugar. Que son, de hecho, uno y lo mismo.

—Eres un... —No puedo decirlo. Es una locura.

Él asiente.

—Ese es mi secreto más oscuro.

Arrastro la mirada hacia su cara. Es difícil. Hay tanto de él para que mis ojos se deleiten.

—Vale.

Sus cejas se disparan.

—¿Vale? ¿Es todo lo que vas a decir?

—¿Qué debo decirte? ¿Esperabas que corriera a los gritos?

Se encoge de hombros.

—Bastante.

—Bueno, no. No estoy segura de poder correr, en realidad. Disculpa. —Me dejo caer y me siento sobre una roca grande porque mis piernas dejan de funcionar.

Deke se pone en cuclillas lentamente, acomodando todo su cuerpo en la posición, por lo que nuestros ojos quedan nivelados. Sus movimientos son inquietantemente fluidos. Como los del lobo.

—Eres un lobo —repito.

Él asiente.

Extiendo la mano y toco su tatuaje de lobo.

—Oh, Dios mío. —Me paso una mano temblorosa por la cara. Tengo esta loca necesidad de reír—. Oh, Dios mío. Este es tu secreto.

Permanece inmóvil, esperando. Esperando que le juzgue o le diga que se vaya. Solo espera.

—Eres un lobo —le digo maravillada y le toco la cara. Cierra los ojos y gira la cabeza, así que le acaricio el cabello —. Deke —susurro.

—Sadie —gime en mi palma. Me mordisquea la piel.

Y luego le envuelvo con mis brazos y le beso. Me devuelve el beso. Me acerco a él, se incorpora para poder sentarme a horcajadas en su cintura.

—¿Estás bien? ¿Te estoy lastimando?

—No —dice entre besos ásperos—. Ya no duele.

Antes de que pueda preguntarle qué quiere decir, tiene su mano en la parte posterior de mis polainas. Gimo mientras me toma por detrás, sus dedos buscan mi calor.

Le toma un segundo quitarme las botas y tirar de ellas. Ya está desnudo, casi dos metros de él.

—No tengo condón, Sadie querida. —Parece dolorido.

—Oh. —No, no aceptaré esta vez que se nos corte el momento—. ¿Podrías continuar?

—Vale. —Sus bíceps se hinchan cuando me levanta por la cintura para bajarme sobre su polla. Es increíblemente fuerte. Ahora sé por qué era tan simple para él levantarme y alzarme cada vez que tenía el impulso.

Deke me sube y me baja en su polla lentamente al principio, luego buscando el rebote. Mis senos suben y bajan, balanceándose con el impulso, y me siento tan atractiva como una estrella del porno. Es delicioso. Estoy follando con un hombre lobo bajo el cielo abierto.

Es perfecto.

Su incipiente barba me raspa la cara mientras nos besamos. Grito cuando todo el peligro, la adrenalina y la amenaza que sentí se convierten ahora en una sensación primaria, un orgasmo épico que celebra la forma en que me enfrenté al lobo y sobreviví. Estoy viva.

Deke gime con sus ojos cambiando a verde.

—No puedo —murmura. Veo el brillo de los dientes de lobo en su boca—. No puedo.

¿No puede qué?

Quiero preguntarle, pero todavía me hace rebotar, empujándome hacia otro clímax. Esta vez, cuando llego, suelta una palabrota, me saca de él y bombea su polla hasta soltar el simiente en la tierra blanda. Su aliento sopla fuerte contra mi chaqueta, y cuando se corre, se corta el labio con un diente afilado. La sangre brota y gotea por su barbilla.

Deke

—Joder, lo siento —me disculpo, a pesar de que habíamos acordado que me retiraría. Aún así, me sentí irrespetuoso. Decepcionante. Es antinatural.

El destino quiere que nos apareemos es el pensamiento

que ronda por mi cabeza, y esta vez la idea va más allá de simplemente marcar a Sadie como mía. Va a nuestro futuro. A la convivencia. Teniendo cachorros. Criando una familia. Todo lo que Sadie dijo que quería, y anhelo dárselo. Yo también lo quiero. Todo el paquete completo.

—¡Estás sangrando! —exclama Sadie, llevando su pulgar a mi barbilla.

Me apresuro a limpiar la evidencia.

—Lo siento, yo...

Me estudia, la preocupación y la curiosidad brillan en sus cálidos ojos marrones.

—¿De qué te arrepientes?

Trago saliva. Debería explicárselo todo. Pero ¿está preparada? ¿Ya hemos llegado a ese punto? Ni siquiera he hablado con Rafe. No sé qué haré si mi alfa se interpone en el camino de reclamar a Sadie.

—Somos lobos, eh... Marcamos a nuestras compañeras.

—¿Qué? —No parece sorprendida. Solo confundida.

—Con nuestros dientes. Es por eso que he estado yendo a correr tantas veces y no duermo en la misma cama que tú. Yo, eh, tengo la necesidad de reclamarte.

—¿Reclamarme? —Abre los ojos de par en par. Sin embargo, no tengo miedo. Estoy bien.

Me froto una mano por la cara, luego recojo sus pantalones de yoga del suelo y los mantengo abiertos para que vuelva a vestirse.

—Puede que no funcione, Sadie —admito la amarga verdad.

Ella jadea.

—¿Quieres decir que podrías *convertirme*?

Una risita sorprendida sale de mi garganta.

—No. No somos vampiros. —No puedo dejar de

sonreír. Sadie es tan linda—. Somos una especie diferente. Por lo general, nos apareamos con nuestra propia especie.

Su decepción es palpable. Mi lobo quiere aullar, corregirse. Él quiere hacerla feliz por el resto de nuestras vidas. Yo también.

La llevo de vuelta a mi regazo.

—Te quiero como mi compañera. —Tengo que dejarlo claro.

Me toca la cara.

—Yo también quiero eso. Quiero decir, creo que sí. Te quiero, Deke.

—Entonces resolveremos esto. Lo resolveremos, juntos. ¿De acuerdo?

Su sonrisa es más radiante que el sol de la mañana. Presiona sus labios en los míos.

—Te amo.

—Joder, Sadie. Yo también te amo.

Detecto el sonido de voces que suben por el sendero. Scott pudo haber regresado después de su suprema muestra de cobardía para "rescatar" a Sadie.

—Alguien viene, Sadie querida.

Ella me besa de nuevo.

—No me importa.

—Estoy desnudo.

—¡Oh! —Se ríe y se aleja de mí.

—Te veré en el resort en veinte. ¿Bien? ¿Estarás bien sola?

Ella deja escapar una burla.

—Por supuesto.

Claro. Era la que estaba preparada para luchar contra un lobo gigante con nada más que una rama. Mi Sadie puede manejarse sola.

Me marcho en forma de lobo, pavoneándome cuando

Sadie jadea y entierra sus dedos en el pelaje. Me arriesgo a otro momento para dejar que me acaricie las orejas y me frote la cabeza, luego subo la montaña en dirección a donde quedó mi ropa.

Cuando llego a la cima, me doy vuelta y miro a Sadie, incapaz de mantenerme de espaldas a ella por mucho tiempo.

Todavía está parada allí, mirándome con una expresión maravillada en el rostro. Me saluda y levanto el hocico. Pero Scott y dos empleados del resort están doblando la curva, así que huyo, abandonando el sitio lo más deprisa que puedo.

Capítulo Catorce

Sadie

—Bueno, estuvo divertido —digo a medida que el complejo se hace más pequeño en la ventana trasera del Mercedes—. Sexo en el bosque. Supongo que puedo tacharlo de mi lista de deseos. Sexo con un hombre lobo, también.

Los ojos de Deke se fruncen, pero, como siempre, no dice nada.

Después de que nos reencontrásemos en el resort, nos quedamos un rato por otra ronda de sexo épico en la habitación, saltándonos el almuerzo de despedida.

Pedí que se nos permitiera abandonar la habitación más tarde y nos duchamos juntos, luego almorzamos antes de empacar nuestras maletas y salir. Por mucho que el resort y las multitudes no sean su escena, tuve la sensación de que Deke no quería irse, como si tal vez no quisiera volver al mundo real todavía. Tal vez esté preocupado por nosotros.

Algo se me ocurre de repente.

—¿Así que el asunto de no relacionarse con civiles realmente es *no hacerlo con... humanos?*

Deke vacila.

—Sí y no. El problema es mi peligrosidad, Sadie. —Cuando me mira, mi estómago se aprieta—. El peligro es real.

—Ya hablamos de eso —digo obstinadamente.

—Sí, pero no entendiste que tengo un animal salvaje dentro de mí. Y a veces, pierdo el control de él.

De repente quiero llorar. No por mí, sino por él, porque su dolor es palpable.

—No perdiste el control esta mañana. Quiero decir, abordaste a Scott, pero no le heriste. Definitivamente no me hubieras hecho daño tampoco.

Parece considerar esto. Sus hombros se relajan un poco.

—Sí. Tienes razón. Creo que mi miedo a lastimarte me mantuvo bajo control.

—Así que eres confiable. *Sé* que lo eres.

Sí. Lo sé hasta los huesos. No hay otro hombre, hombre lobo, en el planeta más confiable para mí.

Cuando bajamos una montaña y regresamos a la zona con servicio celular, mi teléfono se despierta. Chirría, anunciando una llamada perdida y un correo de voz.

—¿Es Scott? —Deke gruñe bajo. Sus manos instantáneamente aprietan el volante. Me ha tomado un tiempo olvidarme de Scott después de que él tan galantemente vino a mi rescate con la seguridad del resort. Luego Deke se le apareció, sin embargo, y con una pizca de amenaza le dijo que se mantuviera alejado de mí o habría problemas.

—No. Es mi padre. —Apago el teléfono, ignorando los mensajes. Probablemente esté llamando para ver si Scott y yo nos reconciliamos.

Es de noche cuando llegamos a mi casa. Se siente más tarde de lo que es. El cielo es oscuro lleno de nubes. Deke aparca y salgo de su coche. Antes de que pueda preguntarle,

Deke agarra mi maleta y me acompaña a mi puerta. Deja la maleta dentro pero permanece en el umbral. Su gran mano agarra el marco de la puerta y se inclina más cerca como si quisiera entrar, pero necesita permiso.

—Debería volver al cuartel.

No quiero presionarle, pero de repente tengo este miedo irracional de que una vez que regrese con su propia especie, le convencerán para que no esté conmigo.

—¿Puedes pasar la noche? ¿Volver mañana?

Se frota la cara con una mano.

—Quiero, nena.

—¿Por favor? —Podría estar poniéndole ojitos dulces.

—Joder, es difícil decirte que *no*, Sadie.

Sonrío.

Él me sigue dentro.

Vale, le tienes aquí. ¿Y ahora qué?

—¿Vino? —Ofrezco en un intento de hospitalidad.

Deke sacude la cabeza.

Como ya estoy en la cocina, me dirijo al tomacorriente que uso como estación de carga. Conecto el teléfono que se enciende zumbando como un avispón enfadado.

—Um —gruño cuando veo quién me ha estado llamando—. No es Scott —le digo a Deke, que está al acecho en mi sala de estar como una presencia gigante y sombría—. Espera.

Levanto un dedo y llamo a mi padre. Voy directamente a su correo de voz.

Sostengo la mirada de Deke mientras dejo un mensaje:

«¿Hola, papá? No estoy de humor para hablar contigo. No hoy y probablemente no por un tiempo. Scott y yo rompimos. Es desagradable y hemos terminado. Y si no dejas de tratar de controlarme, yo también he terminaré contigo».

Y cuelgo.

—A la mierda —murmuro y vuelvo a tirar mi teléfono sobre la encimera de la cocina.

Deke suelta un aliento que suena como una risa.

—¿Te gustó eso? —Me acerco a él lentamente, como si fuera un animal salvaje listo para correr.

—Sí. —De cerca, sus ojos brillan.

—Debería haber establecido límites hace años —digo. Paso a paso, me acerco—. Solo necesitaba ayuda. —Estoy bastante cerca como para tocar a Deke. No se ha movido. Sus manos están a sus lados.

—Tú me ayudas, Deke. Me haces valiente.

—No me necesitas. Eres valiente por tu cuenta. Ibas a rescatar a Scott de un lobo salvaje esta mañana.

Me río recordándolo. Todavía no puedo creer que sea un lobo. Quiero decir, *puedo,* parece exactamente lo correcto, pero todo es fantástico.

—Bueno, le gusto a ese lobo salvaje —le digo, batiendo mis pestañas.

Sus ojos se arrugan otra vez.

—¿Qué pasa con tus amigos, Deke? ¿Te preocupa que no me acepten?

Vacila, la tensión vuelve a sus hombros.

Tomo su mano y le llevo hacia el dormitorio.

—Podemos resolver esto —susurro. Me sigue y me alza en el aire cuando cruzo el umbral para llevarme a la cama.

—Sí. Lo resolveremos.

* * *

Deke

· · ·

De alguna manera, me las arreglo para proceder con cautela con Sadie. Supongo que el hecho de que ya la haya follado tres veces en las últimas veinticuatro horas ha calmado a mi lobo lo suficiente como para que se mantenga bajo control.

Me monto sobre mi hermosa hembra y la desnudo, besándole el cuello, luego entre sus pechos hasta el ombligo. Evito las zonas más eróticas, guardándolas para después. Con mi lengua, trazo un círculo alrededor del ombligo. Luego voy a su muslo interno, moviendo la lengua en un camino hacia su núcleo, pero sin tocarla donde sé que más lo necesita.

Sadie se estremece, tiembla debajo de mí, canturreando mi nombre en esos sonidos roncos y exquisitos.

Rozo mis pulgares en sus pezones, escuchando sus dulces jadeos, amando la forma en que sus muslos se unen. Pongo la boca en su capullo y lo chupo con fuerza. Ella se arquea en la cama.

—Eres tan hermosa, Sadie —murmuro. Ella debería escucharlo frecuentemente.

—¿Dónde me morderías? —pregunta. Como si hubiera estado pensando al respecto.

Me congelo.

—Ah, bueno... Normalmente una mordida de reclamo es aquí. —Llevo mis labios al lugar donde su cuello se encuentra con su hombro. La beso allí, arrastro mi boca abierta sobre su tersa piel—. Pero en una humana, podría ser peligroso. Los metamorfos se curan instantáneamente, por lo que a una loba no le importa ser marcada.

—Oh —dice Sadie con los ojos muy abiertos—. ¿Puedes hacerlo...? ¿En algún otro lugar? ¿En algún lugar más seguro?

Mi corazón palpita acelerado y firme contra mis costillas.

Sadie quiere que la marque.

Quiere mi reclamo.

¡Hazlo ya! Mi lobo ruge, ya no se contenta con esperar.

Me alejo de ella, mi visión se agudiza cuando el lobo pasa a primer plano.

Sus dedos trazan ligeramente mis antebrazos.

—Vale —murmura suavemente. Apuesto a que puede consolar a sus alumnos en segundos con esa voz—. Tú tienes el control —me dice.

Ella empuja mi pecho, tratando de sentarse. Al instante me bajo de ella, pensando que quiere espacio, pero se acerca a mi espalda.

—Déjame cuidar de ti, Deke —ronronea, sentándose a horcajadas sobre mis piernas y desabotonándome los vaqueros.

Estrujo fuerte las sábanas junto a mis piernas mientras libera mi erección y pasa esa lengua húmeda y aterciopelada alrededor de la cabeza de mi polla.

Gruño bajo en mi garganta, un gruñido de placer. Tanto placer.

Sadie me lame desde las bolas hasta la punta de mi polla, luego sacude su lengua solo sobre la punta unas pocas veces.

Me estremezco, tiemblo debajo de ella, transformado por la absoluta satisfacción de tener la boca de mi hembra en mi polla.

—Sadie —le digo. Mi voz no suena como la mía. Es grave y áspera. Desesperada.

Me sostiene la mirada y lentamente se lleva toda mi erección a su boca, hasta donde puede antes de que le llegue a la parte posterior de la garganta. Utiliza su puño en la base para compensar la diferencia y comienza a deslizar el puño y la boca hacia arriba y hacia abajo sobre mi polla.

Me sacudo, mis muslos ya tiemblan. Se siente tan increíble.

—Sadie, Sadie, Sadie —canto, perdiendo todas las células cerebrales—. Sadie.

Ella tararea su acuerdo, enviando una vibración directamente desde mi eje a las bolas, apretadas en reacción.

—Sadie, mi dulce humana. Perfecta, hermosa, maravillosa Sadie.

Sonríe rompiendo momentáneamente la succión, luego la reanuda a un ritmo más frenético. Quiero que continúe así para siempre, pero no duraré ni un minuto más.

Bloqueo mis rodillas, flexionando los tobillos hacia atrás. Retuerzo los dedos apretados en las sábanas.

—Voy a correrme —le advierto.

Pero no se detiene, solo sigue mamando bastante fuerte como para matarme de felicidad.

—¡Joder! —Me libero en su boca, y se queda quieta, luego traga y sonríe—. Oh, joder, Sadie. Eres la mujer más increíble del planeta.

Ella sonríe más ampliamente.

La volteo sobre su espalda.

—Mi turno.

Tengo grandes planes para hacer que Sadie grite hasta que esté ronca antes de que ambos nos quedemos dormidos.

* * *

Deke

La oscuridad y la humedad me cubren, como un paño húmedo y cálido sobre mi cara. Asfixia, muerte lenta, olor a descomposición. Estoy en una choza, atado con cadenas de plata que me queman la piel de metamorfo. Afuera está la selva.

Es un sueño. Solo un sueño. Lucho hasta la superficie, arañando mi salida del sueño. La risa siniestra se filtra en mi sueño, ahogando los sonidos de la selva.

Me despierto bruscamente. Estoy en la cama de Sadie, su aroma me rodea. Su pequeña silueta está a mi lado. Pero hay alguien más aquí. Algo se mueve en su armario, y sus burlas resuenan por la habitación.

—*¿No quieres jugar?* —dice una voz burlona.

Me transformo en mi animal y salto, listo para matar.

Capítulo Quince

Sadie

Estoy medio dormida cuando una risa espeluznante irrumpe en mis sueños. Deke se despierta a mi lado y salta de la cama.

Me incorporo a medias.

—¿Qué?

La risa enlatada vuelve a sonar.

Un gruñido aterrador sacude las paredes y me doy cuenta de lo que sucede.

—¡No! ¡Deke! —grito. Demasiado tarde. El lobo negro vuela a mi armario, sus uñas rasgan la madera. Se levanta sobre las patas traseras para abrir la puerta. Los gruñidos llenan el aire.

—¡Deke!

¡Oh, mierda! Se piensa que alguien está al acecho dentro, e intenta protegerme.

Me levanto de la cama con la intención de detenerle, pero los gruñidos son demasiado aterradores. Recuerdo las advertencias de Deke, su temor a hacerme daño. Sería estúpido interponerme entre él y el peligro que percibe en este momento.

Un sonido estrepitoso resuena en las paredes mientras el lobo lucha contra las puertas del armario y gana. Luego oigo un horrible sonido de resoplido, el sonido de un lobo devorando un juguete de felpa.

—Deke.

La adrenalina estalla a través de mí. Me acerco y enciendo las luces justo a tiempo para ver al lobo destrozar al conejo jackalope en el aire. Lo descuartiza con un chasquido. Cuando gira su gran cabeza hacia mí, parece un animal rabioso, ningún signo de humanidad se vislumbra en absoluto en esa mirada verde intensa.

—*Oh. Mi Dios* —susurro. Todo mi cuerpo tiembla. Trozos rasgados de pelusa y felpa flotan en el aire, cubren el suelo, la cama, las paredes.

Una de las puertas del armario cuelga torcida en sus bisagras. La otra está hecha pedazos en el suelo. Mis cardigans organizados por colores quedan a la mitad de sus perchas.

Deke el lobo tardó treinta segundos en cometer este acto de destrucción.

Presiono una mano sobre el lado izquierdo de mi pecho, deseando que mi corazón vuelva a posicionarse en mi torso.

Mi peligrosidad, Sadie, es real.

No le creí cuando me lo dijo antes, pero le creo ahora. Hay un depredador en mi dormitorio, y si por alguna razón se vuelve contra mí, no tendría ninguna posibilidad. No sobreviviría.

—Deke —susurro—. Vuelve a mí.

Un gruñido se eleva desde la forma negra del animal en

la esquina. El lobo retrocede, sacudiendo la cabeza como si estuviera tratando de empujar algo suelto. Luego un gemido largo y bajo. El sonido de dolor hace que mi corazón se apriete. El hombre que estaba dentro se dio cuenta de lo que ha hecho.

Hay un gemido y Deke se levanta, de nuevo en forma de hombre.

—Joder —dice, lanzando una mirada horrorizada alrededor del dormitorio—. Sadie.

Estoy presionada contra la cabecera de la cama con tanta fuerza, que mi columna vertebral se fusiona con ella. Tiemblo tanto que me duelen los músculos. Sus gruñidos salvajes todavía resuenan en mis oídos.

—¿Te hice daño?

Él da un paso hacia mí y me sobresalto. Se mira y se estremece.

—Está bien —digo rápidamente.

—No. No. Podría haberte matado —dice—. Joder. ¡Joder! —la última vez sale un rugido. No puedo evitar mi gemido.

Mira hacia abajo, los restos esparcidos por el suelo y luego de vuelta a mí.

—Lo siento, Sadie. —Su voz se quiebra—. Ahora ya ves. No puedo seguir contigo —murmura—. No soy confiable.

No puedo salir de la cama, pero puedo mantener mi voz firme.

—Deke, mírame.

Lo hace, y un pequeño gemido inhumano se le escapa, suena como un perro que ha sido pateado. O un lobo.

Bajo mis manos de mi pecho y mi boca. Estoy a salvo. Me asustó. Pero los latidos de mi corazón ya se están ralentizando.

—Deke. No. Deke... está bien...

Se da vuelta y se va. Me levanto de la cama, agarrando una manta para echármela alrededor de los hombros.

—¡Espera!

La puerta de mi casa se abre de golpe. Salgo corriendo del dormitorio, pero llego demasiado tarde.

—¡Deke! —lloro. El perro del vecino enloquece, pero no hay señales de Deke.

Su coche todavía está frente a mi casa, aparcado en la acera. No, Deke. Corro por el camino delantero.

—¡Deke!

Un lobo negro gigantesco corre por mi calle, saltando la valla decorativa de mi vecino y derrapando locamente sobre el césped. Lo último que veo de su forma oscura es la cola abanicada y las orejas puntiagudas cuando se dirige a las colinas.

* * *

Deke

Podría haberla matado. Mis patas golpean el suelo a un ritmo constante. Corro hasta que están ensangrentadas, dejando huellas rojas en la tierra, hasta que mi curación de cambiante se activa. El escozor se detiene por un momento, pero otro kilómetro, y las rocas del sendero me cortan y sangro de nuevo.

Este es el final. Es lo que me merezco: correr hasta los confines de la Tierra. Ojalá el mundo fuera plano, para poder saltar de un borde. Correré hasta morir o hasta que pueda pensar en un castigo mejor.

Amanece y hago una pausa en mi búsqueda en la cima de una montaña, rodeado de rocas rojas. El aire es bastante liviano como para marearme. Vuelvo la cabeza atrás saboreando la nebulosidad de mi mente. Una especie de embriaguez que me aparta del dolor. Cuando llega la claridad, recuerdo: nunca podré volver con Sadie.

Mi lobo aúlla, aúlla y aúlla hasta que no hay otro sonido en el mundo.

* * *

Sadie

Cuando llega el amanecer, arroja una luz tenue y triste sobre los restos en mi dormitorio. Limpio lo mejor que puedo solo por hacer algo. Soy maestra de jardín y estoy acostumbrada a limpiar desastres. Al menos este no involucra mantequilla de maní o tijeras en las manos de un niño de seis años.

Pero nunca olvidaré esa rabia salvaje, el gruñido en la oscuridad.

Deke es un hombre lobo. Nunca iba a funcionar.

Las puertas del armario no son recuperables, por lo que las llevo a la basura. Mis cárdigans destrozados, lo mismo. Todo lo que queda del maldito conejo son principalmente trozos de tela negra y pelusa de algodón. Paso la aspiradora y luego me visto para ir a la escuela. No es lo ideal, pero no tengo idea de qué más hacer. No sé dónde buscar a Deke. ¿En el desierto? La otra opción es sentarme y llorar.

No es una opción. Olfateo cuando salgo el exterior. El Mercedes de Deke todavía está aparcado en mi acera. Dentro de mi casa están sus llaves y su teléfono, todas sus cosas. Si regresa a por ello, no podrá recuperarlos a menos que esté aquí.

Volverá, ¿verdad? Espero que sí, pero una parte de mí se aterroriza cuando pienso que no lo hará. Otra parte de mí teme que se haya ido para siempre y quizás sea lo mejor.

* * *

Deke

Corro hasta que cae la noche y luego corro un poco más.

Bajando por la ladera de una montaña, un gigantesco lobo negro con marcas anaranjadas y ámbar acecha en mi camino. Es mi alfa.

Me deslizo sobre mis patas doloridas. Rafe baja la cabeza olfateándome. Me quedo quieto con las extremidades rígidas. No comí hoy. Mi lobo me hizo beber, pero estoy débil. Mi cuerpo tiembla.

Un segundo y tercer lobo se levantan de la maleza y me flanquean. Estoy rodeado. Si quiero continuar mi búsqueda, tendré que luchar y, en mi estado debilitado, perderé.

No quiero pelear. Entonces bajo la cabeza. Me lamen al costado, limpiando la sangre de una herida que me hice al desgarrarme contra una roca. En mi lado derecho, Channing presiona su hombro contra el mío, apoyándome.

Mi lobo se relaja en presencia de la manada. Son mis hermanos, para bien o para mal. Escucharon mi aullido y acudieron a mí.

Apuntamos nuestras narices a la luna y aullamos juntos. Ellos celebran por un hermano encontrado, pero yo lloro por lo que he perdido.

* * *

Sadie

Pasan dos días sin ninguna señal o palabra de Deke. Finalmente me derrumbo y llamo a una amiga. No a todas, solo a Adele. No puedo enfrentarme a una inquisición total.

Tan pronto como le abro la puerta, Adele entiende que algo anda mal.

—¿Qué pasó? —pregunta.

Presiono los labios para contener las lágrimas y me abraza.

—Sadie, lo siento mucho.

—Estoy bien —resoplo.

—No, no lo estás. —Adele se aparta y me estudia—. Ese imbécil. Le mataré.

—No, no es eso.

—Cuéntamelo todo.

Así que lo hago. Dejo de lado la parte de que Deke es un hombre lobo, pero le cuento todo lo demás. El viaje, el coqueteo, la boda. El sexo, por supuesto, pero omito detalles.

—Estábamos uno encima del otro —resumo con las mejillas calientes.

—Hmm —murmura Adele, girando su vino. Totalmente sin prejuicios—. ¿Y era un caballero total?

—Sí. Quiero decir, es intenso. —Me sonrojo como el vino de Adele—. Especialmente en la cama. Pero eso me gustó. Las cosas estaban bien. Me contó sobre su pasado, su arresto, y hablamos de ello. Tiene trastorno de estrés postraumático por su servicio a nuestro país, lo cual a veces desencadena cierta violencia. Estaba dispuesta a ayudarle. —Joder, ahora tengo que contarle lo peor.

—Pero entonces él ...

—¿Él qué?

—Fue el juguete. El estúpido conejo diabólico. Ha estado funcionando mal y se disparó en medio de la noche. Deke... se volvió loco.

Adele se queda quieta. Trago saliva.

—No me hizo daño. Pero él... pensó que era una amenaza. Destrozó mi armario. Y destruyó el juguete antes de que pudiera detenerle.

—Bueno. —Adele se sienta en su asiento.

—Así que eso fue el lunes temprano —termino—. Cuando se dio cuenta de lo que había hecho, quedó devastado. Me dijo que era demasiado peligroso y se marchó. No le he visto desde entonces. Dejé un mensaje de voz en su oficina. —No hubo respuesta. Pasé la noche anterior junto a la ventana, esperando, preguntándome a quién más llamar —. Han pasado dos días. Estoy preocupada.

Adele se frota la frente, un gesto inusual para su yo normalmente equilibrado. Se ve cansada esta noche, las sombras oscuras parecen como moratones debajo de sus ojos.

—Esto es mucho.

—Lo sé. —Me muerdo el labio, desesperada por defender a Deke. Pero necesito una cabeza fría para opinar. Mis instintos cuando se trata de hombres están todos alborotados.

—Te preocupas por él. —La declaración es más una pregunta.

—Sí. Él es ... Él me hace fuerte. Nunca me dice qué hacer. Nunca trata de controlarme. No como Scott y mi papá. Me da espacio para ser quien soy. A él le gusta quién soy. —Busco palabras para articular quién es Deke para mí. Es imposible. Unos días, y Deke ha cambiado toda mi vida —. Me siento más fuerte con él. Pero esta violencia en él...

Sé que no me hará daño, pero mis instintos podrían fallarme.

—Tiene trastorno de estrés postraumático, lo cual es común en los veteranos.

—Sí.

—¿Puede hablar con alguien al respecto?

Me encojo de hombros.

La voz de Adele se endurece.

—Necesita hablar de eso. Tiene que hacer algo para arreglar esto. Es peligroso. Sus primeros instintos deberían ser mantenerte a salvo.

—Creo que lo son. Por eso destruyó el juguete.

—Pero podrías haber salido herida. Está dispuesto a luchar contra otros en tu nombre. ¿Pero luchará contra sus propios demonios?

Afuera, un gran motor retumba junto a mi casa. Si el coche de Deke no estuviese aparcado enfrente, saldría corriendo para ver si es él.

Pero luego golpean la puerta.

—¿Señorita Díaz? —Una voz grave llama. Me dirijo hacia la puerta, asomándome por la ventana. Es Rafe. Un Humvee de color caqui está en el callejón sin salida, Lance va detrás del volante.

Adele abre la puerta antes de que yo pueda llegar a ella.

—¿Qué quieres? —dice en un tono gélido que intimidaría a hombres comunes.

Rafe no se acobarda. Se pone más erguido, como si estuviera en presencia de un oficial al mando.

—He venido a recoger las cosas de Deke.

—¿Está bien? —Tiemblo.

—Estará bien, Sadie. Le encontramos y le llevamos a casa.

Voy a coger las llaves de Deke, pero en lugar de devolvérselas a Rafe, las sostengo con fuerza.

—Quiero verle.

—Sé que sí —dice Rafe pacientemente—. Pero no es una buena idea.

—Solo quiero saber que está bien. —Se me corta la voz. Adele pone una mano firme sobre mi espalda.

Rafe inclina la cabeza hacia un lado, un movimiento muy parecido a un lobo. Sus ojos brillan extrañamente en la escasa luz.

—Deke no puede estar contigo.

Adele respira hondo, y sé que se prepara para protestar, para defenderme. Rafe levanta una mano, deteniéndola.

—No es por ti, Sadie. No puede estar con nadie. No sirve para una relación. —Extiende su mano por las llaves de Deke. Renuncio a ellas con los hombros caídos cuando se las entrego. Mis ojos arden de lágrimas. El tintineo del metal es tan definitivo. *Realmente se acabó.*

—Lo siento, Sadie —dice Rafe gentilmente, más gentil de lo que creí que podría sonar—. Es mejor de esta manera.

—Adiós —dice Adele y le cierra la puerta en la cara. Espero, llorando tan silenciosamente como puedo, hasta que el estruendo de los motores de ambos vehículos se disipen antes de caer en sus brazos.

Capítulo Dieciséis

R*afe*
—Sabes que esto es una mierda, ¿verdad? —
Exige mi hermano.

—¿Disculpa? —Mantengo la cara inexpresiva, pero tiro la llave inglesa con la que estoy trabajando en la caja de herramientas. Ha pasado una semana desde que recuperé el Mercedes de Deke, pero no lo ha tocado, lo cual no es propio de él. Normalmente este coche es su bebé. Lance y yo le cambiamos el aceite para ver si podíamos tentar a Deke a volver a la normalidad, pero no tuvimos suerte.

No hemos tenido ninguna misión que nos distraiga. Después de que abortamos la última, el coronel Johnson suspendió el reconocimiento de Gabriel Dieter y todavía no hemos descubierto cómo supo que estábamos allí.

Lance se limpia la grasa de las manos en el trapo.

—Algo anda mal con Deke. Está jodido. Mucho más de lo habitual.

Es una obviedad. Desde que recuperamos a Deke, no ha comido, apenas ha dormido. La mayoría de las veces está en forma de lobo.

Me encojo de hombros. No puedo estar en desacuerdo.

—Estoy haciendo todo lo que puedo.

—Joder. —A Lance le brillan las mejillas. Me sostiene la mirada con valentía, pero cuando traga saliva se delata la dificultad innata de enfrentarse a su alfa de esta manera—. Coincidí contigo antes. Seguí tus órdenes, fui a separar a Deke y Sadie. Pero esto no es una aventura de una noche. Esta mujer es realmente buena para él.

—Deke es inestable. Su lobo no puede estar cerca de humanos a largo plazo. No es seguro.

—Nunca le he visto sonreír como lo hace con ella. Y fue tras ella desde la primera vez que captó su aroma. Obviamente es su compañera.

Eso me detiene en seco.

—Su compañera —repito probando las palabras. *Compañera*. Nunca pensé que tendríamos parejas. Simplemente no se me pasó por la cabeza—. Deke tiene una compañera.

—Sí. —Lance suena casual, pero sus hombros se relajan. Él transmitió su mensaje.

Deke tiene una compañera. Increíble. Pero mi lobo confirma que es verdad.

—Joder —murmuro. Mantenerlo alejado de su pareja en realidad le llevará directamente a la locura lunar. Podría estar muerto antes de la próxima luna. Pero ¿qué podemos hacer? No puede estar con una humana. Ninguno de nosotros puede, especialmente Deke. Él es el más salvaje de todos nosotros.

—Esto lo cambia todo —dice Lance.

—No, no lo cambia. Hermano. Piensa. Sadie es una humana. Incluso si Deke está atado a ella, no podemos pedirle que esté encadenada a él. Es un monstruo.

Lance niega con la cabeza.

—No la lastimará.

—No lo sabes...

Un rugido me interrumpe. Pateo la caja de herramientas en mi prisa por salir corriendo. Lance me sigue a mis espaldas. En el césped frente a nuestro albergue, hay una mancha de blanca y marrón, seguida de una raya oscura. Channing, en forma de lobo, es expulsado por el lobo negro oscuro de Deke.

—Vaya —dice Lance y comienza a quitarse la camisa. Deja su Rolex a un lado cuidadosamente antes de quitarse los caquis y caminar desnudo hacia la refriega. Se transforma y su lobo gris se une a la lucha.

Suspiro. Las peleas de manada nos sientan bien, pero Deke ha estado buscando peleas sin parar durante días. En este momento, su lobo negro gruñe, chasqueando y rasgando a Channing antes de rodear a Lance. Channing se aleja con la mitad de su oreja mordida. Parece que no quiere nada más que escabullirse, pero espera pacientemente al margen a que Lance se canse, para poder ir a la carga contra Deke nuevamente. La única manera de lograr que Deke se detenga es cansarlo. A menos que queramos escalar las cosas.

Me he mantenido fuera de las peleas porque si Deke se vuelve contra mí, mi lobo lo tomará como un desafío. Y un desafío es una lucha a muerte.

Al otro lado, Lance lleva a Deke en una alegre persecución. La boca del lobo gris cuelga abierta, medio riendo mientras corren entre nuestros coches. Lance sale de detrás de mi Humvee, disminuyendo la velocidad y va al trote. Deke no se ve por ninguna parte. Pero entonces...

—¡Cuidado! —grito.

Lance gira justo a tiempo para que el lobo negro caiga sobre mi Humvee y se estrelle contra él. Los dos lobos se convierten en un enjambre de velocidad, gruñidos y pelaje. Luego oigo un grito de dolor y me estremezco. Deke tiene a Lance por el hocico con los colmillos hundidos. Un movimiento peligroso y efectivo. Si Deke lo mantiene demasiado, Lance no podrá respirar.

El lobo de Channing pasa junto a mí. Golpea el flanco de Deke y muerde al lobo negro. La cabeza de Deke vuela hacia arriba, su cuerpo se mueve en un intento de alcanzar a Channing. Channing planta sus patas y se le cuelga.

Lance retrocede, aturdido, con el hocico sangrando. Deke arrastra a Channing ahora, tratando de correr en círculo para atrapar la cola del lobo marrón y blanco.

Es ridículo. Es hora de llevar las cosas a otro nivel.

Entro en la refriega, justo cuando Channing suelta a Deke y sale del camino. Deke no se rinde. El lobo negro se lanza contra Channing una y otra vez.

—¡Basta! —ordeno. Puse la fuerza de mi comando alfa en el tono. Debería detener la lucha de inmediato.

Pero en lugar de detenerse, el lobo negro se da vuelta y corre hacia mí, su mandíbula se extiende en un gruñido mientras se lanza a atacarme.

* * *

Deke

Me acerco lo suficiente como para ver el blanco de los ojos de mi alfa, antes de que Rafe se aparte del camino. Me choco contra el costado de la cabaña, rompo una persiana. El impacto hace que una sección de la canaleta caiga, pero la pared de piedra se sostiene. Estoy en mis patas tan rápido como aterrizo, sacudiéndome la cabeza para despejarla.

Estoy roto, sangrando, pero no hay forma de que pueda parar. Tengo que luchar. Hay un rugido en mi oído, un revuelto enfermizo en mis entrañas. Un motor alimentado por el dolor que me impulsa una y otra vez.

Perdí a Sadie. No me queda nada. Pero todavía puedo luchar.

Desorientado, cuando recupero mi ingenio, un lobo negro y anaranjado se estrella en mi flanco. Gruño y me abalanzo, tratando de atraparlo, pero Rafe se zafa. Se echa de vuelta a la refriega, enfrentándome en desafío. Un lobo más inteligente que yo se detendría y se echaría sobre su vientre ante su alfa.

Mi lobo no es inteligente. Quiere morir.

Muestro los dientes con una sonrisa mortal y me lanzo contra Rafe. Esta vez, ya listo para mí, no se molesta en apartarse de mi camino. Da pasos laterales y golpea su hombro contra el mío, desequilibrándome. Encuentro el equilibrio de mis patas de nuevo y me lanzo. Rafe me vuelve a golpear. Una tercera vez, y él chasquea mi cadera, un pequeño pellizco de donde brota sangre. Mi lobo se vuelve loco, atacando y cargando contra Rafe una y otra vez mientras me desgarra. Es un segundo más rápido, más fuerte y un millón de veces más letal. Mi lobo está a la altura de las circunstancias, pero Rafe me desangra poco a poco. Y luego, finalmente, me golpea en la espalda. Intento moverme, pero me sujeta con su peso.

Tengo sus dientes en la garganta. Me quedo quieto.

La luz del alba rompe por el este. Mi último amanecer. No temo a la muerte. Tampoco le doy la bienvenida, pero si no puedo vivir con Sadie, no hay más razón para que camine por la Tierra.

Rafe me gruñe. Me tiene atrapado. Agito las patas, esperando que lo haga rápido.

—¡Detente! —grita Lance—. ¡Es un truco!

Rafe gruñe de nuevo pero no se mueve.

—Es un truco —insiste Lance—. Mírale. —Me señala—. Piensa en cómo está actuando. Quiere la mordida.

El cuerpo de Rafe se queda quieto. Todas mis esperanzas se desvanecen cuando se aparta. Me pongo en cuatro patas y le muestro los dientes a Lance, pero me ignora. Me ha descubierto.

Rafe cambia y se pone de pie como un hombre.

—¿De qué coño estás hablando?

Lance me hace un gesto.

—Deke quiere la mordida. Está tratando de que le mates. Cada vez que te tenía, no te atacaba. Siguió adelante hasta que le inmovilizaste. No está fuera de control. Él planeó todo.

—¿Es cierto? ¿Suicidado por el alfa? —Rafe se agacha para mirarme a los ojos. Agacho la cabeza—. Si eso es cierto, entonces tienes el control, más de lo que piensas, Deke. —Me agarra el cuello y levanta la cabeza de nuevo. Le muestro mis colmillos, pero no en serio. Se acabó la lucha.

—¡Cambia! —ordena Rafe, y mi columna vertebral se inclina hacia atrás mientras el lobo libera mi cuerpo.

Rafe retrocede, dándome espacio. En forma de hombre, todavía sangro, pero mis heridas están sanando.

—Bastardo —murmuro, pero tomo la mano de mi alfa cuando se ofrece a ayudarme a levantarme. Me agarra del hombro y hago una mueca. Mi piel todavía está sensible por la transformación.

—Esto lo cambia todo —dice Rafe.

—No —gruño, pero dentro de mi corazón, mi lobo levanta la cabeza, queriendo desesperadamente creerle.

* * *

Sadie

La llamada telefónica de mi padre lo cambia todo. Es miércoles, una noche laboral, y me paseo por mi sala de estar porque cancelé la noche de chicas. No puedo comer, no puedo dormir, no puedo pensar. Tuve unos días con Deke, unos días paradisíacos, y ahora me quedé sin nada. Mis ovarios, abatidos, están de cama comiendo bombones. Mi corazón es un desastre, roto y sangrante.

Mi teléfono zumba. Lo agarro y respondo en piloto automático.

—Sadie —zumba la voz nasal de mi padre—. Por fin. Me preguntaba si todavía estabas viva.

El sarcasmo apenas lo registro.

—Sí.

—Ese último mensaje de voz fue otra cosa. —Hace una pausa y no digo nada. Si está esperando que me disculpe, tendrá que esperar el resto de su vida.

Mi padre se aclara la garganta.

—Ahora que te tengo al teléfono, quiero hablarte de Scott. Creo...

¡Dios mío! ¿Este hombre nunca escuchará?

—Solo salí con él por ti —interrumpo con una repentina y ardiente claridad.

—¿Disculpa? —Mi padre suena ofendido, pero no me importa. En todo caso, es una ventaja.

—Solo salí con él por ti —repito—. Fuiste más amable conmigo cuando estaba con Scott. —Es cierto. Todos los dardos, las insinuaciones, los insultos cesaron cuando estaba con Scott. Usé a Scott como un escudo entre mi padre y yo solo, para aliviarme. Excepto que Scott era peor—. Ambos me tratasteis mal. —No puedo creer que no me diera cuenta antes.

—Escucha...

—No, escucha tú. No puedes tratarme como si fuera un niño o alguien inferior. Esos días han terminado. No necesito a Scott. Y no te necesito a ti. —Cuelgo.

Ya me siento más ligera. Mis instintos no se equivocan. Simplemente nunca los escuché antes. Es hora de que deje de escuchar a otras personas. No saben qué es lo mejor para mí. Podrían creer que sí y tienen algunos buenos consejos, pero mi vida es mía. Mis elecciones.

Mi felicidad está disponible justo delante de mí. Solo tengo que extender la mano y tomarla. Nadie me la va a entregar, no importa. Puedo elegir la felicidad para mí.

Así es como me encuentro en mi coche, acelerando mi Hyundai por la carretera de montaña. El pequeño motor avanza lentamente en la subida, pero poco a poco ganamos elevación. Entonces giro en la carretera que lleva al albergue y acelero por ese camino densamente arbolado. Me detengo en el aparcamiento frente al gran garaje que parece un hangar de aviones. El Mercedes G63 negro de Deke está ahí, al igual que su moto. El corazón me da un vuelco.

La suerte está echada.

* * *

Deke

—No cambia nada —le digo rudamente a mi alfa, pero sigue sonriéndome.

—Tú tienes control, Deke —dice—. Siempre lo has tenido.

Doy un paso atrás, lejos de Rafe, y miro a Lance y Channing. Mis dos compañeros de manada asienten.

—¿Pero qué significa esto? —Sé lo que espero, es demasiado bueno para ser verdad.

Rafe debe de saber que estoy tambaleándome porque aplaca su voz.

—Significa que tienes una compañera.

Una compañera. Me paso una mano por la cabeza, intentando recuperar el aliento.

El sonido de un motor hace que mis ojos se abran en alerta. Un pequeño Hyundai blanco rueda por nuestro camino y llega a nuestro garaje. Solo conozco a una persona que conduce un automóvil así. Mis piernas se debilitan; caería de rodillas si no estuviera tan herido y mi lobo no fuera tan firme como para no mostrar debilidad en este momento.

Sadie está aquí.

* * *

Sadie

Salgo de mi coche y me sobresalto cuando me doy cuenta de que Deke está justo allí en el césped, a pocos metros.

—¿Sadie? —Deke llama, desnudo y con la piel manchada de sangre

Está destrozado. ¿Ha estado peleando? Detrás de él, Rafe y Lance se acomodan sus vaqueros. También veo sangre en ellos, todos se ven avergonzados. He disuelto bastantes peleas en el patio de recreo para reconocer esas miradas de culpabilidad.

Hay un enorme lobo marrón y blanco detrás de ellos,

acechando en el borde del bosque. ¿Será Channing? Vaya, estos hombres lobo son grandes.

—¿Quién le hizo esto a Deke? —Exijo con mi mejor voz de maestra. Miro fijamente a sus amigos que se avergüenzan cada vez más. Me tiemblan las piernas, pero me mantengo firme.

Deke hace un sonido bajo en su garganta y se interpone entre su alfa y mi línea de visión. Me vuelvo a centrar en él.

—Deke. ¿Has estado peleando?

—¿Qué haces aquí? —Su voz es áspera, como si le doliera hablar. Doy un paso hacia él. Quiero calmar todas sus heridas.

—Estoy aquí por ti. Por nosotros.

Inclina la cabeza de esa manera lobuna suya. No puedo comprender su expresión.

—No puedes deshacerte de mí tan fácilmente. —Pongo las manos en puños a los lados—. Tuvimos algo bueno juntos. Crees que eres peligroso para mí, pero sé que no lo eres. Nunca me harías daño. No lo harás. —Sacudo la cabeza para enfatizar.

Los compañeros de manada de Deke retroceden, dándonos algo de privacidad.

—Deke, quiero esto. Te quiero a ti. Y voy a averiguar lo que se necesita para tenerte. No tenemos que ir demasiado rápido. Podemos tomarlo con calma y... ¡oof!

En dos zancadas, Deke me tiene en sus brazos. Tiro el mío alrededor de sus hombros y me agarro. Detrás de nosotros, Rafe y el resto de su manada sonríen. Rafe asiente, Lance me guiña un ojo y me levanta un pulgar. Para entonces Deke y yo vamos a un garaje.

—¿A dónde me llevas? —pregunto. Mi corazón palpita, tengo la adrenalina en guerra con anticipación. Normalmente pensaría que es grosero que un tipo me alce en brazos y me lleve a donde quiera, pero con Deke estoy feliz de acompañarle—. No me importa. Solo tengo curiosidad.

—Mi habitación. Mi cama. Ahora.

Me lleva por un tramo de escaleras rumbo a una habitación oscura con vigas de madera rústicas que cruzan el techo, como el de una catedral. Justo debajo de los ventanales, hay una cama king cubierta con un gran edredón blanco. El dormitorio está sorprendentemente ordenado. O no es tan sorprendente, teniendo en cuenta que este es Deke, y es cuidadoso con sus cosas.

Entonces me deja en el suelo, junto a la cama.

Luego se arrodilla y me agarra. Mi camisa se ha levantado y su cara presiona mi vientre.

—Lo siento —dice, sus palabras amortiguadas contra mi piel—. Lo siento.

Mi dulce hombre lobo salvaje.

—Deke —acaricio su sedoso cabello oscuro—. No hay nada de lo que puedas arrepentirte. Tuviste un episodio. Le sucede también a los humanos. Podemos trabajar en ello.

Él resopla un suspiro y me aprieta más fuerte.

—Está bien. —Deslizo mi mano a lo largo de su mandíbula, levantando su cara hacia la mía—. Estoy aquí ahora. No voy a ir a ninguna parte.

Los músculos abultados de sus hombros se flexionan y se relajan mientras suspira. Deke se levanta conmigo al mismo tiempo. Me acuesta en la gran cama y me hundo en el edredón blanco y mullido.

—Quiero que sepas cuánto significas para mí, Sadie. —Se mueve sobre mí, sujetando mis muñecas en un movimiento dominante pero de alguna manera gentil—. Necesito que lo sepas. —Me besa en el cuello y lame el mismo lugar una y otra vez. Luego gira la cabeza hacia un lado y gime.

—¿Está todo bien? —pregunto.

—Necesito marcarte, Sadie. Si estás realmente segura de que me quieres.

—Te quiero —le prometo.

—Tienes que estar segura. Una vez que te marque, nunca te dejaré ir.

—Márcame, Deke. —Nunca he estado tan segura de nada en mi vida.

Su gran cuerpo se estremece sobre mí.

—Joder —dice—. ¿Cómo tuve tanta suerte? —Y luego me besa de nuevo, levantando mi camisa para que pueda raspar sus dientes a lo largo de mis pechos. Dado lo que me acaba de decir, me pongo nerviosa, pero eso no impide que mi cuerpo sucumba al placer.

Se abre camino hacia abajo, besando mi vientre, quitándome los vaqueros y frotando toda su cara contra mi coño. Aparta mis bragas y me lame, sujetando mis muslos con sus grandes manos, para que no pueda juntarlas. No es que yo quiera hacerlo. Mis caderas se elevan, ofreciendo mis partes femeninas a su lengua. Su barba áspera raspa deliciosamente mi tersa piel, enviando señales de placer-dolor a mi cerebro. Mis neuronas entran en cortocircuito, se incendian, disparan chispas. Mi hombre lobo me devora de la mejor manera.

Oh, qué lengua tan grande tienes...

Llego al orgasmo con un aullido y me doblo por la mitad, sobre la cabeza de Deke. Él gruñe, y una nueva oleada de adrenalina me recorre hasta las puntas de los dedos. Desenvuelve un condón y se lo pone. Entonces su gran cuerpo se cierne sobre mí, su polla empujando su cabeza roma entre mis tiernos pliegues. Estoy súper mojada por él, pero siseo cuando me estira, y me arqueo de nuevo mientras toca fondo tan profundamente dentro de mí que puedo saborearlo.

—Sí, sí, sí —canto mientras sus caderas se balancean hacia adelante. El lento arrastre de su polla hacia adentro y hacia afuera ilumina el centro de placer de mi cerebro. Pero la verdadera magia sucede cuando su gigantesco falo golpea la parte posterior de mi vientre, chocando un punto de loca excitación. Deke está más dentro de mí de lo que nadie ha llegado nunca, y parece sonar una campanilla de un premio gordo. *Ding, ding, ding, ¡ganas un orgasmo!* Las luces de carnaval parpadean detrás de mis ojos. Solo puedo quedarme tumbada debajo de él cuando mi cuerpo se estremece con cada oleada constante del clímax, mientras se desliza dentro y fuera de mí. Cada embestida golpea la cabecera de la cama contra la pared. Pensé que esta cama parecía resistente, pero no debería haber subestimado la intensidad de un polvo de hombre lobo. Deke trabaja sobre mí, cada músculo de su pecho se destaca en relieve mientras muestra sus dientes y me folla profundamente. El fuego baila en sus oscuros ojos esmeralda.

—Mía —gruñe. Su mano se desliza por mi pecho hasta que sus dedos me clavan la garganta—. Solo mía.

¡Sí! Quiero gritar, pero mi boca está relajada. El flujo constante de orgasmos me está destruyendo.

En mi bruma, veo la boca de Deke abierta en un rugido. Sus dientes son más blancos y largos que nunca, los caninos afilados, alargados. El tiempo se ralentiza, todo en mí se aprieta en anticipación de su mordida.

Deke se arraiga profundamente en mí gimiendo. Sus colmillos me rozan la parte superior del hombro. Le siento temblar, me doy cuenta de que es por el esfuerzo de contenerse.

—Hazlo —susurro. El peligroso roce de sus dientes

despierta algo primario en mí. Me acerco y le agarro la parte posterior de su cuello—. Sí.

Pero los músculos de su cuello están tensos debajo de mi palma. Mueve la cabeza de un lado a otro, luchando contra sí mismo.

—Hazlo. Hazlo ahora, Deke —susurro. Sigue embistiéndome, la fuerza de su movimiento hace que la cabecera golpee contra la pared a un ritmo retumbante. Clavo mis uñas en sus hombros, marcándolo—. ¡Hazlo!

Deke retrocede, sus caninos brillan y luego deja caer la cabeza hacia adelante, hundiendo sus colmillos profundamente en mi hombro. El dolor y el placer se apoderan de mí, las sensaciones se expanden y me llenan de luz y calor, como destellos de fuego.

—Sí —jadeo por el intenso dolor en mi hombro—. Sí.

Deke se retira, y el dolor de mi músculo que protesta se disuelve, enviando rayos blancos de calor chiporroteante a mi núcleo.

Ya está. Esto es para siempre.

Capítulo Diecisiete

adie

El viento sopla mi cabello mientras estoy en el patio, supervisando el recreo. Tengo una gasa sobre las heridas punzantes, pero se van curando rápidamente. Deke me cuida como un loco, tratando de darme ibuprofeno y limpiando las heridas con las propiedades curativas de su lengua cada vez que puede.

Aún así, puedo decir que también ama la marca. Su mirada se enternece cada vez que la mira. Planta besos a lo largo de mi cuello, a través de mi clavícula, y me dice cuánto me ama. Cómo me va a cuidar y proteger por el resto de nuestras vidas.

También dice que marcarme ha calmado significativamente a su lobo. Ya no necesita salir a correr todas las noches. Se contenta con quedarse en mi casa y protegerme de cualquier juguete salvaje en mi armario.

—¡Señorita Sadie, mira! —grita Owen y señala. Hay un gran camión en movimiento retrocediendo a un lugar de aparcamiento, justo al lado del patio de recreo.

Saludo a mi asistente para que sepa que debe supervisar

a la mitad de la clase y dirigirse a la valla para ver qué sucede. Varios de mis alumnos ya se han reunido allí.

—Hombres del ejército —anuncia Jackson. Mi respiración se detiene cuando Deke salta del lado del pasajero de la cabina seguido por Rafe en el lado del conductor. El alfa me guiña un ojo y se dirige a la parte trasera del camión. Deke camina directamente hacia mí.

—¿Qué es esto? —le pregunto cuándo se acerca.

—Entrega para ti —dice, luego mira a los niños presionando sus caras contra la valla—. Para todos.

Detrás de él, Rafe abre la puerta del camión. Saltan Lance y Channing. Dentro del camión hay pilas y pilas de cajas negras.

—¡Jackalopes! —gritan Jackson y Owen al unísono. La manada de hombres lobo hace una fila, lanzando un flujo constante de cajas negras.

—¿Está bien? —Deke espera mi asentimiento antes de comenzar a entregar las cajas a cada niño.

—¿Compraste uno para todos los de la clase? —pregunto cuando encuentro mi voz.

—Para todos los de la escuela —llama Rafe.

—Baterías incluidas —añade Channing.

—Genial —murmura mi asistente rodeada por un mar de niños que sostienen sus espeluznantes juguetes de ojos rojos, tratando de poner orden en medio del caos. Son espeluznante como el infierno, pero no puedo moverme, no puedo hablar.

—¿Estás bien? —Deke pregunta en voz baja. El resto de la manada ha seguido adelante, probablemente para encontrar al director y una manera de entregar el juguete más codiciado del mundo a todos los niños de mi escuela.

Se me hace un nudo en la garganta. En los últimos días, he aprendido mucho de Deke, de su servicio, sus pesadillas. De su vida como metamorfo. Incluso pude hablar con una pareja de cambiantes de leones, Nash y Denali. Nash sirvió en el ejército, y Deke ha estado en contacto con él a diario, hablando sobre su trastorno de estrés postraumático.

Pero mi conversación favorita fue con Amber Green, una humana que se apareó con un hombre lobo alfa de Tucson. Me dio muchos consejos para salir con un hombre lobo y me hizo prometerle que la llamaría cuando necesitara desahogarme. "Es difícil, pero vale la pena", dijo.

Y mirando a Deke, sé lo que quiso decir. Aquí está, mirándome con sus ojos oscuros, un poco cauteloso, un poco preocupado, esforzándose tanto por hacer las cosas bien.

Le amo más que nunca. Una pequeña sacudida me atraviesa. *Amo a Deke Adalwulf.*

Bueno, ah, mis ovarios se burlan.

—¿Sadie?

Todos mis alumnos están distraídos por sus juguetes, así que salgo del patio de recreo y me acerco a mi hombre lobo.

—No puedo creer que hayas hecho esto. —Dejo escapar una risa aguda—. ¿Cómo lo hiciste?

Se encoge de hombros.

—Pensé que era lo menos que podía hacer, ya que destruí el juguete del aula.

Sopla un viento frío y me acerco a él. Los cambiantes tienen más temperatura corporal que los humanos, según he descubierto. Especialmente cuando están cerca de sus compañeras.

Efectivamente, me acerco, y el calor y el aroma de Deke me rodean. Extiende la mano y me levanta el cuello del abrigo, protegiéndome del viento.

—Voy a mejorar —promete.

—Lo sé.

—Voy a hacerlo por ti. —Presiona su frente contra la mía.

—Lo sé —susurro. Me levanto para besarle. Incluso de puntillas, solo le llego a la barbilla. Deke sumerge su cabeza y me levanta con un brazo duro alrededor de mi cintura. Me derrito contra él, besándole adecuadamente antes de retirar la cabeza para susurrar—: Cariño, los niños.

Gruñe pero me suelta. Mi clase no se dio cuenta de nuestra ardiente exhibición, cada niño está demasiado absorto en su propio Jackalope.

Estoy a punto de preguntarle cómo encontró exactamente todos estos juguetes cuando la cabeza de Deke se levanta. Sus fosas nasales se encienden y hace una mueca como si estuviera oliendo algo rancio.

—Sadie —llama una voz áspera. Miro hacia arriba y veo a mi padre acechando fuera de la escuela. Automáticamente, me acerco a Deke.

—¿Qué está sucede aquí? —Mi padre examina mi clase con disgusto, torciendo la boca. Dentro del patio de recreo, Jackson persigue a una niña con su juguete. Ambos niños gritan de alegría. Voy a tener que comprar medicamentos para el dolor de cabeza para todos mis amigos maestros y sus asistentes.

Pero vale la pena.

—¡Sadie! —grita mi papá otra vez. Sé que debería ir presentarle a Deke como mi novio. Pero estoy tan cansada de tratar de obtener la aprobación que sé que no llegará en lo que respecta a Deke. De repente veo a mi padre por lo que es: un hombre calvo y barrigón con un sentido de autoridad demasiado inflado.

Vuelvo a Deke.

—Sabes qué, elúdelo —le digo y regreso a sus brazos. A

juzgar por la expresión de mi padre, recibe el mensaje, y me quedo con el beso de mi compañero.

* * *

Sadie

—Y así es como Deke se ganó el amor de todos los niños de la escuela —termina Charlie, con su botella de cerveza Fat Tire levantada en el aire.

—Dios mío, este es un brindis largo —murmura Tabitha.

Charlie mueve su dedo medio hacia arriba, inclinando su botella de cerveza y casi derramando el líquido.

—Un brindis por Sadie y Deke —dice Adele suavemente, levantando su propia copa de vino y deteniendo la pelea antes de que comience.

Bebo mi vino y sonrío. Es miércoles de lamentos y estamos en un nuevo restaurante fuera del pueblo, no muy lejos de Deke y la sede de la manada. Enclavado en las montañas, es un restaurante rústico con una enorme chimenea y sillas de cuero gigantes y acogedoras. Probamos las papas fritas con parmesano y trufa, y votamos unánimemente para venir aquí al menos una vez al mes.

—Entonces, ¿qué dijo tu papá cuando conoció a Deke? —Charlie pregunta, metiendo una fritura en su boca.

—No dijo nada —respondo—. No los presenté. Actualmente mi padre no es parte de mi vida.

—Eso es bueno. Haz que se humille. —Tabitha asiente con aprobación.

—No necesita humillarse. Solo tiene que respetarme a mí y a mis elecciones. Y si no lo hace, bueno, no voy a perder más tiempo con él.

—Vale —aplauden Tabitha y Charlie, levantando sus cervezas.

—Brindo por eso —dice una voz grave detrás de mí. Me doy vuelta a pesar de que me hormiguea la piel, ya alerta por un depredador que se acerca. *Mi* depredador.

Deke está de pie junto a nuestra mesa, mirándome. Debe de haberse acercado en modo sigiloso de hombre lobo. Ni siquiera le escuché.

—Deke —digo y salgo volando del asiento hacia sus brazos. Me levanta para un beso que me deja sin aliento. La sala gira un poco cuando me baja. Me abraza y me quedo como si hubiera tomado demasiado whisky.

—¿Qué haces aquí? —Adele dispara, y me doy cuenta de que tres enormes sombras se han unido en la parte trasera del restaurante: toda la manada está aquí.

—Estamos aquí para celebrar el miércoles de lamentos —dice Lance, arrastrando una silla y dejándose caer justo al lado de Adele. Ella le mira por encima del hombro, lo cual es gracioso porque es una cabeza más baja.

—Somos dueños de este lugar —dice Rafe, copiando a su hermano y sentándose a la derecha de Adele.

—Necesitamos un chef, en realidad —Rafe se reclina en su silla de madera y mira directamente a Adele—. Alguien que sepa cómo llevar un negocio.

Me quedo inmóvil. Adele nos ha estado contando sus problemas para administrar la tienda de chocolates. Su socio comercial está actuando de manera extraña, desaparece durante semanas y toma préstamos personales de sus cuentas bancarias comerciales sin previo aviso, con vagas promesas de "devolver el dinero al negocio". La semana pasada, Adele tuvo que pagar el alquiler de la tienda con sus propios ahorros.

Incluso ella está tomando trabajos de catering privado

para llegar a fin de mes. Este empleo podría ser una bendición. Mis ojos se posan en los dos: Adele, elegante y bonita con su vestido vintage; Rafe casual y peligroso en sus pantalones y camiseta verde del ejército descolorida que hace las delicias de cada uno de sus abdominales. El alfa de la manada se balancea en las dos patas trasera de la silla, de alguna manera logrando verse relajado, aun cuando sus músculos están tensos.

—Te avisaré si sé de alguien —dice Adele con frialdad.

Rafe sostiene su mirada un momento, luego levanta la barbilla. Murmura con su voz grave:

—Tú haces eso.

Adele resopla y le da la espalda al alfa.

—Estábamos brindando por Sadie —explica Tabitha a Lance y Channing. Lance sigue echándole vistazos a Charlie, pero ella parece ignorarle. Lo cual es interesante.

—¿Por qué? —Channing pregunta—. ¿Ya está embarazada? —Levanta las cejas y finge inspeccionar mi vientre.

Adele se atraganta con su vino.

—No —respondo—. Tonto. —Sé que Channing solo bromea, pero la idea de tener un bebé con Deke me pone muy feliz. Mis ovarios están listos. Me acurruco más cerca de Deke, quien me aprieta los hombros—. Estábamos celebrando que finalmente tuve agallas para enfrentar a mi padre.

—Siempre tuviste agallas. Tu papá y Scott nunca las respetaron —dice Adele.

Un gruñido retumba en el pecho de Deke ante la mención del nombre de Scott. Pongo una mano sobre su pectoral.

—Sí, ¿qué le pasó a Scott? —Charlie pregunta.

Tabitha se encoge de hombros.

—Se ha ido. Lo último que escuché fue que se mudó a

Florida. Probablemente para construir condominios frente al mar.

—Buen viaje —murmura Adele.

—Salgamos de aquí —me murmura Deke. Su lengua toca el borde de mi oreja, seguido de un pequeño pellizco de sus dientes. Me sobresalto.

—Deke y yo vamos a... este... tomar un poco de aire —digo y lo dirijo a la puerta de la gran terraza exterior.

—Divertíos —dice Tabitha.

Detrás de mí, escucho a Adele hablar en voz baja:

—Si él no es bueno con ella, juro que nunca encontrarán su cuerpo.

—Responderé por él —la voz de Rafe retumba en respuesta. Me doy vuelta para ver a Adele entrecerrarle la mirada a Rafe antes de salir con Deke.

—¿Qué está pasando entre esos dos? —le pregunto a Deke mientras nos dirigimos a la barandilla de la cubierta. Sobre el cielo azul medianoche, la Vía Láctea derrama la luz de las estrellas en un velo fulgurante sobre las oscuras siluetas de las montañas.

—¿Cuáles dos? —Deke pregunta.

Frunzo el ceño, frotándome las manos en el frío.

—Adele y Rafe. ¿En quiénes pensaste? —La visión de Charlie ignorando a Lance pasa por mi cabeza.

—En nadie —responde Deke tan suavemente que sé que también ha notado algo entre Charlie y Lance—. Adele vino a la cabaña y se enfrentó a Rafe. Le advirtió que si no nos llevaba a mí y al resto a terapia, personalmente nos cortaría la garganta.

—Oh. —Eso suena como Adele, en realidad. Es una mamá oso—. No le conté de... ya sabes.. —El asunto del hombre lobo, digo para mí—. Tu secreto está a salvo conmigo.

—Lo sé, nena. No creo que tengas que mantenerlo en secreto con ella por mucho más tiempo.

—¿En serio?

—En serioo. —Me levanta el cuello de la chaqueta, apretándolo más alrededor de mi cara, antes de envolverme en sus brazos, en su calor—. Rafe ha estado husmeando alrededor de Adele. Y no solo por su negocio.

Levanto las cejas. Quiero preguntarle qué sucede con su negocio, pero en realidad no es asunto mío. Hago una nota mental para preguntarle a Adele yo misma.

—¿Crees que ella es su compañera?

—No lo sé. Rafe no cree que merezca una compañera. Ninguno de nosotros lo creía. Fuiste inesperada. Un regalo.

—Deke —susurro. Mi corazón reboza de felicidad en este momento, una felicidad tan grande como la luna, derramando su luz sobre el mundo.

Deke me levanta sobre la barandilla, sosteniéndome cerca mientras sumerge su cabeza cerca de la mía.

—Tendré que advertirle sobre lo peor de salir con una humana.

—¿Qué es? —Mi cabeza se embriaga con su aroma.

—Fajas modeladoras —dice contra mi boca, y me río mientras nos besamos y nos mantenemos calientes bajo el gélido cielo.

Epílogo

Sadie

    Nadie da sexo oral como un hombre lobo. Tengo la garganta ronca de tanto gritar cuando me doy la vuelta para contestar mi teléfono que zumba. Mi pareja me mantiene más satisfecha de lo que podría haber imaginado. También me dio un anillo de compromiso. A pesar de que la mordedura de apareamiento es todo lo que le importa a los lobos, Deke entiende que los humanos tienen sus propias tradiciones. Le dije que no me importaba, pero insistió en que tuviera todo lo que soñaba.

Se acerca a mí para arrebatarme el teléfono, alerta de inmediato.

—Es Charlie. —Me lo entrega.

—¿Hola? —digo, carraspeando un par de veces.

—¿Sadie?

Me levanto de la cama.

—Charlie, ¿cómo has estado, cariño? No te he visto por ahí.

—He estado... ocupada. Pero...

—¿Estás llorando?

—¿Qué? No. Por supuesto que no.

—No suenas bien.

—Sí, necesito hablar —se desahoga Charlie.

—Vale.

—Tengo un problemita. ¿Conoces al amigo de Deke, el rubio guapo?

—¿Te refieres a Lance? —Arrugo la nariz. Supongo que Lance es guapo, pero no pienso en él de esa manera.

—El que parece que podría encabezar una banda musical —dice Charlie secamente.

—Es un poco más aficionado que eso.

—Está bien, entonces, un remake de *Baywatch*.

—Te lo concedo. Lance tiene un vibra de surfista. ¿Qué pasa con él?

—Podríamos habernos enganchado.

—Oh. Dios mío. ¿Tú y él?

—Sí. Lo sé. Fue por capricho.

—Bien por ti. Quiero decir, fue bueno, ¿verdad?

—Mejor que bueno.

—Me alegro. Entonces, ¿cuál es el problema?

Charlie suspira, pero suena como un vendaval en el teléfono.

—Se suponía que iba a ser una aventura de una vez.

—Vale.

—A pesar de que realmente la pasamos genial juntos.

—Está bien...

—Y ahora tengo un problema. —Hace una pausa y me muerdo la lengua antes de exigirle que hable de una vez.

—Estoy embarazada.

* * *

¡Gracias por leer *La luna del alfa*! Para el epílogo adicional con la ceremonia de boda de Sadie y Deke, haga clic aquí. Si te gustó esta historia, te agradeceríamos una reseña, ya que es muy importante para los autores independientes.

Epílogo extra

Sadie

La mejor cita de mi vida comenzó con un paseo en helicóptero y terminó con un picnic privado en una colina. El mejor día de mi vida comienza igual. Esta vez, vuelo con mis mejores amigas a la colina donde Deke, la manada y algunos invitados ya nos están esperando. También habrá un picnic, pero primero, una breve ceremonia.

Es un precioso día de cielo azul y mariposas que revolotean. Hay un frescura en la brisa porque no es del todo verano, pero todo lo demás es perfecto. Millones de flores blancas tapizan la cima de la colina en la hierba verde como un velo nupcial. La naturaleza me ha dado un día perfecto para la boda.

Estoy bajo de un pabellón con mis amigas, dejando que me mimen. Adele me recogió el cabello en una corona trenzada. Charlie tuvo la idea de traer algunas de las flores blancas para que Tabitha pudiera meterlas en mi cabello. Los tres llevan vestidos sencillos en diferentes colores pastel. Tabitha los diseñó y cosió.

—Pareces una princesa de cuentos de hadas —dice

Tabitha con satisfacción. Ella y Adele se unieron para encontrarme el vestido perfecto: un vestido de novia blanco vintage con ribetes de ojal. Tabitha hizo el dobladillo justo debajo de las rodillas. Hace un poco de frío, así que llevo uno de mis cárdigans, aunque tengo toda la intención de abandonarlo antes de llegar al altar.

El vestido es algo anticuado. El cárdigan es nuevo. Adele me prestó su collar de perlas y pendientes de Mémère, y mis zapatos ballerinas son azules.

¿Estás nerviosa? —Charlie me pregunta, sus manos descansan sobre su vientre redondo. Se la ve radiante de salud, pero parece a punto de estallar. Otro mes más o menos, y tendremos más motivos para celebrar.

En realidad, no —digo, y lo digo en serio. Me siento tranquila, feliz. Deke y yo hemos estado juntos desde el día en que me marcó, y anoche nos dijimos nuestros votos matrimoniales en voz baja. No tuvo una despedida de soltero, solo una carrera en el bosque con su manada y algunos invitados de otra manada de hombres lobo de Tucson. Después, vino y me encontró en su cama. Me quedé dormida con los felices aullidos de una manada de lobos cantando a la luna—. Parece que fue el destino.

—Eres la novia más relajada que he visto —dice Adele.

—Eso es porque vosotras hicisteis todo el trabajo. —Me acerco y meto una flor blanca en su propio peinado—. Sé que no es fácil planificar una boda al aire libre.

—Todas ayudaron. —Tabitha se encoge de hombros—. Y no había mucho que ambientar. —Ella asiente con la cabeza a la cima de la colina donde se reúnen los invitados. Deke y la manada trajeron algunas sillas, pero la mayoría de la gente está de pie—. Todos parecen estar en posición. ¿Lista para ir al altar?

—Claro, ¿por qué no? —Sonrío.

Charlie pone los ojos en blanco.

—Esta falta de planificación y un horario me está volviendo loca.

—Creo que es agradable. —Tabitha responde y Adele aprieta los hombros de ambas para evitar una pelea.

—Charlie, si quieres que las cosas estén organizadas, ¿por qué no decides en qué orden debemos entrar? —Adele sugiere.

—Todo esto podría haberse decidido en un ensayo de boda —se queja Charlie.

—Bueno, no hubo. Dirán sus votos y tendremos un gran picnic, es todo —dice Tabtiha—. No es una boda elegante, pero va con el estilo de ellos.

—Es lo que queríamos —añado suavemente.

—Vale, está bien, vale —dice Charlie—. Adele, ve primero, luego yo y después Tabitha. Cuando salimos con los padrinos de boda, ya estamos en el orden correcto.

Todas comenzamos a caminar por la colina hacia el lugar de la ceremonia. Mi papá se encuentra con nosotros a mitad de camino para acompañarme. Me ofrece su brazo.

—Te ves hermosa, cariño.

—Gracias, papá. Te ves muy guapo. —Le doy un breve abrazo. Inicialmente no le gustó mi relación con Deke, pero finalmente se dio cuenta de que hablaba en serio, porque Deke me hace feliz. Creo que también le gusta el hecho de que Deke y la manada tengan mucho dinero. En su mundo, eso cuenta.

No organizamos los asientos, pero la gente siguió la tradición por su cuenta. De mi lado están mi familia, parientes lejanos y colegas. Mi mamá está delante ya llorando. El padre de Deke cruza el pasillo para ofrecer una caja de pañuelos de papel. La mamá de Deke también se frota los ojos.

Junto a los padres de Deke está el coronel Johnson, un hombre negro alto, de pelo de sal y pimienta, con ojos de águila y uniforme militar. Me imaginé a un hombre mayor con el vientre redondeado, un cruce entre Churchill y el general Patton, pero el coronel está en forma y es ágil como cualquier metamorfo. Parece que podría ejecutar misiones por su cuenta. Tal vez todavía lo haga.

El resto del lado de Deke está colmado de metamorfos. Nuestra niña de las flores es la hija de Denali, Nadia, quien solo tiene dos años, por lo que su hermano mayor Nolan la ayuda. Denali y Nash están junto a Garrett y Amber. Y hay algunos miembros más de la manada de Tucson aquí. Creo que les encantó la idea de huir del calor de Tucson, así que cuando Rafe llevó la invitación, todos se presentaron. Puedo decirlo porque los hombres son tipos grandes y corpulentos, con chalecos de cuero que los marcan como parte de un club de moteros. Todas las mujeres se ven humanas, excepto la que tiene el cabello azul brillante.

Entonces veo a Deke, y no puedo mirar a ningún otro lado. Le acompañan sus padrinos de boda, todos en esmoquin blanco, pero él está de negro, por supuesto. Se eleva sobre el oficiante del matrimonio, luciendo oscuramente guapo como siempre.

Mira eso. —Charlie le da un codazo a Tabitha—. El novio está sonriendo.

Siempre sonríe —le digo.

Él te sonríe a ti —corrige Adele—. Hoy, le sonríe a todos.

Deke mira hacia mí y se estremece. Parece que está a punto de lanzarse hacia mí. Rafe le apoya una mano en el hombro. Lance le da una palmada en la espalda. Una vez que están seguros de que Deke no va a correr por el improvisado pasillo para llevarme lejos, se organizan en una fila tradicional del lado del novio. Fue dulce de su parte seguir la tradición humana para esta boda. Sé que para los cambiantes la mordida de apareamiento es todo lo que se requiere para formar un vínculo de por vida. Pero había tenido esta visión de casarme con Deke de esta manera cuando estuvimos en la boda de Jenn, y Deke quería que yo cumpliera mi sueño.

—Se ven tan guapos en sus esmóquines —dice Tabitha—. Sabes, no tenían que vestirse tan formalmente ya que su estilo es casual.

—Oh, sí, lo hicieron —murmura Adele. Ella y Rafe no se han quitado los ojos de encima.

—Ey, deja de devorarle con los ojos —Charlie agita una mano frente a la cara de Adele, lo que no tiene ningún efecto.

—Vale, que comience la boda —le dice Tabitha a Charlie.

—Espera, ¿cuál es la señal? ¿No hay música nupcial? —Charlie pregunta.

—No —le digo—. Teddy se ofreció a tocar la gaita, pero Deke no lo aprobó.

—Buena señal —susurra Tabitha.

—Me estáis matando. Muy bien, aquí está tu música —Charlie tararea un poco en voz baja y le indica a Adele que comience a caminar por el pasillo.

Adele avanza por la colina, luciendo majestuosa con su propio cabello en una corona trenzada.

Charlie cuadra sus hombros y suelta un suspiro, mirando hacia la colina como un alpinista al pie del Monte Everest.

Tabitha la agarra del brazo.

—¿Necesitas ayuda?

—Nah, estaré bien —Charlie la saluda. A pesar de su gran barriga, Charlie apenas camina. Cuando llega al final del pasillo, Lance saca una silla para ella, pero ella sacude la cabeza y permanece de pie.

—Nos vemos en la cima —Tabitha me guiña un ojo, y luego está por el pasillo, paseando, saltando y bailando un poco al final de su caminata. Los invitados se ríen.

Mis mejillas comienzan a doler de sonreír. ¿Alguien ha sido tan feliz?

—Estoy orgulloso de ti —susurra mi papá.

¿Eh? Eso me detiene. No estoy segura de que sea algo que realmente haya dicho antes.

—Gracias, papá.

A mitad de camino, me doy cuenta de que olvidé quitarme el cárdigan. Con mis ballerinas y mi lindo vestido, llevo mi atuendo escolar básico. Oh, bueno, puedes sacar a la chica de la clase de jardín, no puedes sacar a la clase de jardín de la chica. A juzgar por la forma en que Deke me devora con la vista planea arrancarme todo de una sola vez.

Mi ovarios saltan.

Y así, con muy poca fanfarria y sin otra música que los pájaros que cantan en los árboles, me uno a Deke en matrimonio. Además del anillo, me da sus placas de identificación.

—Toda mi vida, estuve buscando algo por qué vivir, algo en qué creer —agrega después de sus votos—. Si bien estoy orgulloso de haber servido a mi país, la razón por la que existo en esta tierra fue para encontrarte y amarte.

Dejo caer mi ramo, me pongo de puntillas y le beso mientras la mamá de Deke y la mía sollozan felices. Los labios de Deke se sellan con los míos, y apenas me doy cuenta cuando el oficiante deja de intentar que diga los votos y nos declara casados.

—Bueno, esa fue la ceremonia más corta que he visto —dice Charlie mientras ella y Tabitha reparten mantas y canastas de picnic. Todos mis amigas hicieron la comida para las canastas de picnic como regalo de bodas para mí. La chocolatera proporcionó los recuerdos de boda: pequeñas cajas blancas atadas con un lazo dorado. Nolan, Nadia y otra niña llamada Jaylin roban algunas cajas adicionales y llenan sus mejillas con chocolate antes de que sus madres se den cuenta.

—Fue perfecto —anuncia Adele—. Unas palabras de amor frente a todos tus amigos. ¿Qué más necesitas?

Para cuando Teddy baja el helicóptero, me duelen las mejillas, pero Deke sigue sonriendo. Corremos entre la multitud de invitados que animan nuestro viaje. Subimos a la nave y nos despedimos mientras los invitados en la colina se hacen cada vez más pequeños, luego Teddy inclina el helicópetero y nos dirigimos a la puesta de sol, volando hacia nuestra eternidad.

¿Quieres más? El voto del alfa

¿Quieres más? Lee todos los libros de la saga Alfas peligrosos

El voto del alfa (Alfas Peligrosos 15)

La dulce humana está embarazada de mi cachorro.

Tuvimos una noche juntos, y luego ella desapareció. Aparentemente, no soy parte de su 'plan de vida'.

Lo que sea, ángel. Los planes cambian.

Ella piensa que soy un donjuan. Que no me voy a quedar. Ella piensa que no tengo lo que se necesita para ser padre.

Que no voy a dejar todo y dedicar mi vida a nuestro bebé. A nuestra familia. A ella.

Se equivoca. ¿Cree que me iré?

No tiene ni idea de lo que le espera. Un lobo nunca se aleja de su pareja y siempre protege a sus cachorros.

Puede que aún no la haya marcado, pero lo haré.

Y si ella intenta huir, yo la seguiré.

265

Cazaré a mi hermosa hembra hasta los confines de la Tierra.

El voto del alfa (Alfas Peligrosos 15)

Libro Gratis - La virgin y el vampiro

Quiere un libro gratis de Renee Rose y Lee Savino? Suscríbete a su newsletter para recibir **La virgin y el vampiro** y otro contenido especialmente bonificado y noticias de nuevos. https://BookHip.com/XJPQQXK

Libro Gratis de Renee Rose

Quiere un libro gratis de Renee Rose? Suscríbete a mi newsletter para recibir ***Padre de la mafia*** y otro contenido especialmente bonificado y noticias de nuevos. https://BookHip.com/NCVKLK

Otros Libros de Renee Rose

Vegas Clandestina

Rey de diamantes

Padre de la mafia

Sota de picas

As de corazones

El comodín del Loco

Su reina de tréboles

La mano del muerto

El comodín

Rancho Wolf

Áspero

Salvaje

Feroz

Rudo

Indomable

Implacable

Dos Marcas

Rebelde - GRATIS

Tentada

Deseada

Seducida

Alfas peligrosos

Alfa de Montaña

Otros libros de Lee Savino

La virgen y el vampiro

Conoce a la autora

RENÉE ROSE, LA AUTORA BESTSELLER EN USA TODAY, ama los héroes dominantes, ¡los machos alfa que saben hablar sucio! Ha vendido más de un millón de copias de tórridas novelas románticas con diferentes niveles de sexo no convencional. Sus libros han sido presentados en el Happily Ever After de USA Today y en Popsugar. Nombrada en el Eroticon de los Estados Unidos como la Próxima Autora Erótica Top en 2013, ha ganado también como Autora Preferida en Ciencia Ficción y Antología Valiente y Atrevida y con la mejor novela romántica histórica en The Romance Reviews. Figuró catorce veces en la lista de USA Today con su serie Rancho Wolf y varias antologías.

**Suscríbete a mi newsletter para recibir contenido especialmente bonificado y noticias de nuevos lanzamientos en Español.

https://www.subscribepage.com/reneerose_es

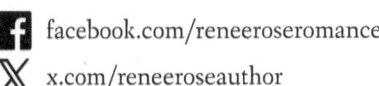

facebook.com/reneeroseromance
x.com/reneeroseauthor
instagram.com/reneeroseromance

Conoce a la autora

Lee Savino tiene objetivos grandiosos, pero la mayoría de los días no encuentra ni su cartera ni sus llaves, así que se queda en casa y escribe.

Mientras estudiaba escritura creativa en la Universidad de Hollins, su primer manuscrito ganó el premio Hollins de Ficción.

Lee vive en Estados Unidos, con su increíble familia.

Puedes conectar con ella en su sitio web, su grupo de lectores, y sus redes sociales.